オペラ対訳
ライブラリー

VERDI
Aida

ヴェルディ

アイーダ

小瀬村幸子＝訳
髙崎保男＝協力

音楽之友社

本シリーズは、従来のオペラ対訳とは異なり、原テキストを数行単位でブロック分けし、その下に日本語を充てる組み方を採用しています。ブロックの分け方に関しては、実際にオペラを聴きながら原文と訳文を同時に追うことが可能な行数を目安にしております。また本巻の訳文は、原文を伴う対訳としての観点から、原文と訳文が対応していくよう努めて逐語訳にしてあります。その結果、日本語として自然な語順を欠く箇所もありますが、ご了承ください。

目次

あらすじ

第１幕

第１場

エジプトの首都、メンフィスにある王宮の広間。祭司長のランフィスが若き衛兵隊長ラダメスに語りかけ、敵国エチオピアがまたも侵攻してくる模様だが、迎え撃つエジプト軍の最高指揮官の名はすでに女神イシスより託宣があったと告げる。立ち去る祭司長を見送りながら、ラダメスはもし選ばれるのが自分であったならと、夢の実現を想い描く。軍人として敵に勝利する、そして凱旋の名誉と喜びを愛するアイーダに、実はエチオピアの王女であるが今は奴隷の身の、彼もそうとは知らぬこの乙女に捧げる、そんな夢想に浸りながら、彼はアイーダ賛歌を口にする。

そこへ王女アムネリスが登場。王女はかねてよりラダメスへの恋心を秘めているが、彼の様子を目にし、ほかに想い人があるのではと疑念を抱き、嫉妬心に駆られながら彼に探りを入れる。本心を悟られたかと不安になるラダメス。そのとき、アイーダが姿を見せ、彼女に視線を向けるラダメスの表情から、アムネリスはあるいはアイーダが恋敵と感じ始める。アイーダをそばへ呼び寄せたアムネリスは、アイーダに奴隷とはいえ目をかけていると優しい言葉をかけ、彼女が涙しているがその理由は、と問う。アイーダはまたもエジプトとエチオピアのあいだに戦いが迫り来る予感がするためと答える。この２人をラダメスは傍らで見つめている。そんな３人の胸中には共に、それぞれの苦悩と不安が渦巻く。アイーダとラダメスへの疑念から、もし自分が蔑ろ（ないがし）にされるようなことなら許しがたいとアイーダに嫉妬と怒りを燃え上がらせるアムネリス、自分の本心が王女に知れたなら身に降りかかるだろう危険と災いを危惧するラダメス、敗れた祖国と奴隷の身への悲しみだけでなく、敵国人を愛してしまった不幸に苦悶するアイーダ…。だが、広間へは王と王の招集を承けた国の要人、神官、軍隊長らが登場してくる。

王は、エチオピア軍が国境を越えたとの報を皆に知らしめ、敵討伐を宣する。それに対し一同、敵に戦いと死を、と誓う。王の口からはさらにイシスの命によりラダメスを最高指揮官に任ずることが告げられる。戦いに向け一同の士気が昂揚するなか、アムネリスはラダメスに軍旗を授け、戦勝をと唱える。全員、それに和し、勝って帰れと叫ぶ。

皆が広間を離れ、ひとり残されたアイーダ…。恋人の戦勝を願う言葉に和した彼女だが、恋人が戦う相手は祖国の王である彼女にとってかけがえのない父親、どちらが勝利しても、どちらが破れても最愛の2人のどちらかを失うことになる、どちらにも勝利を願うがそれはあり得ない。なんと酷い…。苦しみの極みに思いあまって、神に慈悲を乞い、いっそ死をと願う。

第2場

ウルカヌスの神殿の内部。出陣を前にエジプト軍とその司令官に万物の根源である神、プタハのご加護を祈願する宗教儀式が行われようとしている。神殿には巫女と神官のプタハへの賛歌が響き、巫女の舞が奉納され、そこへラダメスが導かれてくる。祭司長は彼に神より賜わった聖剣を授け、一同、戦いの運命を司るプタハに祈願する。

第2幕

第1場

テーベの宮殿内のアムネリスの居室。エジプト軍がエチオピアを撃破、間もなく凱旋してくる。アムネリスは、心のうちで帰還するラダメスに思いを馳せながら、奴隷にかしずかれて戦勝の祝賀に列席のため盛装の準備をしている。やがてアイーダが冠を持って登場する。彼女とラダメスの仲を疑うアムネリスはいっそ真実を暴いてしまおうと考え、再び国敗れた彼女の境遇に同情する振りを装いながら、エジプト側の勝利とはいえ指揮官のラダメスは戦死したと告げて彼女の反応を確かめる。アイーダの本心を見てとったアムネリスは激昂、自分もラダメスを愛していると言い放つ。そして、王女を敵にまわすつもりかと。自分も王女であると口をついて出そうになるアイーダ。だが思いとどまり、アムネリスに許しと慈悲を乞う。アムネリスはいっそういきり立ち、災いを招くことになるだろう恋を諦めろと迫る。折しも祝賀の準備が整った様子、王女アムネリスは勝ち誇って凱旋軍歓迎の場へと向かう。遠く祝賀の音楽が聞こえるなか、アイーダはひとり、またも死を希う（こいねがう）ほどに悲嘆にくれる。

第2場

テーベの町の城門。戦勝を祝うために民衆であふれる城門前に神官、大臣、軍隊長、王宮儀礼官等々が登場、そして国王、王女が玉座に着き、アイーダも王女の奴隷として末席に列なる。盛んな歓呼と称賛、神官が唱える神々への感謝の声のなか、凱旋エジプト軍が入場、指揮官のラダメスは国王に迎えられ、王女から勝者の冠を受ける。
王に褒美を約されたラダメスは先ずエチオピアの捕虜の目通しを願うが、引き出された捕虜のなかに兵士姿のエチオピア国王アモナズロもいる。アイーダの驚きの声で一同は彼女の父親が捕虜となったことを知る。父と娘は身分を隠しながらエジプト王に慈悲を乞い、他の捕虜も嘆願する。あくまで神々の意思は死罪と主張する神官たち、敗者に寛容を望む民衆、アイーダの不幸な姿にますます恋心を募らせるラダメス…。ラダメスは国王に捕虜全員の解放を申し出る。祭司長は反対するが、王はアイーダと父親を人質として残して他は解放するとし、さらにアムネリスを与えるゆえいずれ国を治めよと告げる。王と民衆はエジプトと女神イシスの栄光を称え、神官はイシスへの感謝と祈りを一同に求め、その声々の立ち昇るなか、アムネリスは夢が成就することを信じて喜びに酔い、アイーダは絶望感に打ちひしがれ、ラダメスは王の意に反しても王座よりアイーダを選ぼうと心に誓い、アモナズロは再起の時は近いとアイーダの耳元で囁く。

第3幕

月夜のナイル川のほとり。婚礼を翌日にひかえたアムネリスがランフィスに伴なわれて登場、ラダメスとの永遠の契りを祈願するためにイシスの神殿に入る。間をおかずアイーダが姿を見せる。ラダメスと会うためだが、彼から何を告げられるのか…。不安のうちに彼を待ちながら、再び見ることはないだろう故国に思いを馳せる。と、そこへ父のアモナズロが現れる。彼は娘とラダメスの逢瀬を知って、祖国再起の戦いのため、娘に敵将であるラダメスから軍事秘密を探り出させようとしてきたのだ。恋人を裏切ることなどできるはずもないアイーダ、王の娘なら祖国愛のために尽くせと迫るアモナズロ。まさに絶望の淵でついにアイーダは決心をする。ラダメスが現れると、アイーダは2人の恋は成就しないと拒絶の態度を示し、するとラダメスはアイーダへの愛を貫くと決意を語る。だがそれはアイーダにも彼女の父にもラダメスにも災いを招くことに…。アイーダはエジプトを捨てて逃げようともちかけ、ラダメスもついに同意する。では、逃げ道は、と問われたラダメスは軍の秘密を明かしてしまう。そのとたんアモナズロが姿を現す。敵国の王に機密を洩らしたことに錯乱するラダメスをアイーダとアモナズロはエチオピアへ去ろうと誘い、逃亡をうながす。その時、神殿からアムネリスの声がし、追っ手がかかる。ラダメスはアイーダと父を逃がし、自らは祭司長の前に跪く。

第4幕

第1場

王宮内の地下法廷へつづく広間。アムネリスはひとり、ラダメスのなしたこと、今もなお抱く彼への愛、彼を待ち受ける判決に思いを巡らし、苦悶する。愛が報われるなら、彼を救いたい。それには裁判で弁明するよう彼を説得し、そして恩赦を得ることだ。牢からアムネリスの前へ呼び出された彼は、しかし、自らに疚しいところはないが国家の機密をもらしたのは事実、また愛する者を失った今、生きることに意味はないと、アムネリスの言葉をすべて拒絶し、裁きのままに従う覚悟を口にする。アイーダは生きているはずと明かし、だが彼女を諦めて自分の愛のために恩赦を受けよと迫るアムネリス。ラダメスは死こそ望みと言い放ち、地下法廷へ引かれていく。

残されたアムネリスは、今となれば、彼の死も自分の永遠の悲嘆も自ら招いたことと呻吟する。法廷からはラダメスを国家反逆の罪で死刑とする祭司たちの裁決の声が響く。アムネリスは祭司長に慈悲を乞うが、拒まれ、絶望して神の司である神官たちにこそ天の復讐あれと呪詛する。

第2場

上は神殿、地下は牢獄であるウルカヌスの神殿。地下牢の岩戸が閉じられ、ラダメスは生き埋めとなった。想うのは愛するアイーダ。彼女の幸せを念じていると、牢内に人の気配が…。アイーダが先回りをして牢へ忍び込んでいたのだった。この世で夢の実現しなかった２人にとって、今や死は天国が開けること、不滅の愛の法悦が始まること、その死が２人に訪れてくる。アイーダとラダメスは永遠の光を感じながらうっとりとして死を迎える。神官たちの祈りの声が響く神殿では、アムネリスが死にゆく愛する者のために永遠の平安を祈っている。

アイーダ
Aida

4幕のオペラ
Opera in quattro atti

音楽＝ジュゼッペ・ヴェルディ
Giuseppe Verdi（1813-1901）
台本＝アントニオ・ギズランツォーニ
Antonio Ghislanzoni（1824-1893）

オギュスト・マリエット原案、
カミーユ・デュ・ロクル脚本による

作曲年＝1870～1871年
初演＝1871年12月24日、カイロ、イタリア劇場
台本作成＝リコルディ社の総譜に基づく

登場人物および舞台設定

アイーダ Aida（エチオピア人の女奴隷） ……………………………………………ソプラノ
アムネリス Amneris（エジプト王の娘） ………………………………………メゾソプラノ
ラダメス Radamès（衛兵隊長） ……………………………………………………テノール
アモナズロ Amonasro（エチオピア王、アイーダの父）………………………バリトン
ランフィス Ramfis（祭司長） ……………………………………………………………バス
エジプトの王 Il Re dell'Egitto（アムネリスの父）………………………………………バス
使者 Un Messaggero ………………………………………………………………テノール

神官、巫女、大臣、軍隊長、役人、
Sacerdoti, Sacerdotesse, Ministri, Capitani, Funzionari,

エチオピア人の奴隷と捕虜、エジプトの民衆、等々
Schiavi e Prigionieri etiopi, Popolo egizio, ecc., ecc.

物語はファラオ全盛時代、メンフィスとテーベで展開する
L'azione ha luogo a Menfi e a Tebe all'epoca della potenza dei Faraoni

主要人物登場場面一覧

幕・場 役名	第1幕 第1場	第1幕 第2場	第2幕 第1場	第2幕 第2場	第3幕	第4幕 第1場	第4幕 第2場
アイーダ	■			■	■		■
アムネリス	■		■	■		■	■
ラダメス	■	■		■	■	■	■
アモナズロ				■	■		
ランフィス	■	■		■		■	
エジプトの王	■			■			

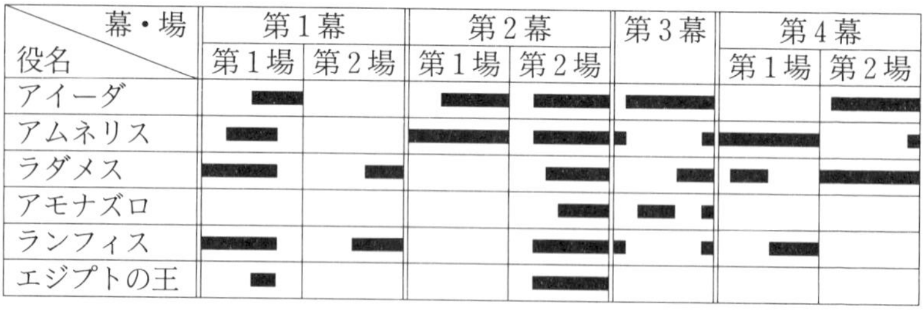

第1幕
ATTO PRIMO

Preludio 前奏曲

ATTO PRIMO 第1幕

SCENA PRIMA 第1場

Sala nel Palazzo del Re a Menfi.
A destra e a sinistra una colonnata con statue e arbusti in fiore. Grande porta nel fondo, da cui appariscono i tempii, i palazzi di Menfi e le Piramidi.

メンフィス*1にある王宮内の広間。
右手と左手は彫像や花が咲いた灌木の置かれた柱廊。舞台奥に大きな門、そこからメンフィスの町の神殿、公共建造物、さらにピラミッドが見える。

Introduzione e Scena 導入曲とシェーナ

(Radamès e Ramfis conversando fra loro)

(ラダメスとランフィス、二人で言葉を交わしながら)*2

RAMFIS ランフィス

Sì: corre voce che l'Etiope ardisca
Sfidarci ancora, e del Nilo la valle
E Tebe minacciar. Fra breve un messo
Recherà il ver.

さよう、噂が広まっている、エチオピア人*3が不敵にも
またもや我らに戦いを挑み、そしてナイルの谷と
テーベ*4を脅(おびや)かしおるようだと。間もなく使者が
真相をもたらそう。

*1 古代エジプトの王国の首都ともなった重要都市。カイロから南へ35kmに位置し、現在も遺跡が残っている。ギリシアの哲学者ヘロドトスは古代エジプトを"ナイルの賜物"と称したが、まさにそのとおり、豊かな自然を恵んでくれる6500kmに及ぶナイル河の流域に、その上流域に上エジプト、下流のデルタ地帯に下エジプトと異なる文明が育ち、それぞれの地域で多くの町ができた。それは上エジプトの文化圏と下エジプト文化圏で2つの王国にまとまっていく。前3100年頃になると、上エジプト王国が下エジプトを勢力下に組み入れる形で統一王国ができた。広大な国土を治めるために国土はノモスと呼ばれる都市に分けられ、42にのぼるノモスがあったそうだが、そこでは知事に当たる役人や神官が実際の政務や宗教儀式を行なった。ノモスはその多くがもともとあった町が引き継がれたのだが、メンフィスは、王国統一の際に新たに建設されたノモスで、王国の首都の地位を得た。ヘリオポリスなどの古くからの都市に近く、水運の便良く、上下両国を支配するのに好都合だったという。

*2 この対訳のテキストはリコルディ社の総譜を基底に、台本作家のテキストとも比較対照しながら、台本としての詩形に沿うように整理し、綴りの明らかな誤謬と思われる箇所、大文字・小文字の不統一等に手を入れて作成したものである。もちろんト書きも「総譜」に従っているが、台本作者の「台本」と対照させると、そう多くはないが両者で異なる箇所が見られる。台本から総譜への過程での変化を知る上で、両者の台詞の詩句の相違だけでなくト書きのも某かの参考になるかと考え、それがある場合、註で示すことにする。なお註では「総譜」の詩句・ト書きに関する場合は〈譜〉、「台本」の場合は〈台〉と略号で示したい。ここでは、このト書きは〈台〉には付されていない。

*3 古代エジプトにとってエチオピア人とは、現在のエチオピアの国民とは少し異なり、古代エジプトの国境が走るナイル河上流域のアスワンの南、現在はスーダンの一部に属する古代にヌビアと呼ばれた土地に住む民族を指したという。

*4 23ページの*4参照。

RADAMÈS La sacra
ラダメス Iside consultasti?

聖なる女神
イシス*1に伺いをお立てに？

RAMFIS Ella ha nomato
ランフィス Dell'*2Egizie falangi
Il condottier supremo.

かの女神は指名したもうた、
エジプトの大軍の
最高司令官を。

*1 多神教である古代エジプトの神々の中で最も広く知られ、崇められた女神。献身的な妻、母としての美徳を備え、魔術に優れ、愛と強い意志を以てあくまで夫と子を助け救う属性は他の愛の女神、病・災からの守護女神、子供の守護女神等と習合していくのは当然、様々な女神と同一視されながら、イシスはエジプトという地域を越え、時代を超えて崇拝の対象となり、ギリシアはもちろん、現在の伊・独・仏・英にあたる地域にまで伝播し、古代ローマでは前59年に元老院でイシス信仰制限が決議されるほどだった。

多神教の世界であった古代エジプトだが、人知の及ばぬ様々な自然現象や抽象概念の神格化、また多くの集落それぞれの神等、神は2000柱にも及んだという。そうした神々が社会の発展、その結果としての王国建設の過程で政治や神に仕える聖職者の都合で習合していったわけだが、エジプト人は本来寛容さを持ち合わせており、そのため習合に当たっては、そこに矛盾や混同、神話の系譜の変化等が生じても、また時空を超越してもこだわらなかったようだ。それに伴なう祭儀や儀式も、当然、複雑に絡み合っただろう。古代ローマ支配の時代になって、エジプト多神教の神々の体系づけに関心が持たれた頃には、幾層にも重なる数々の神話が存在していたという。そうした中、イシスは、オシリスと一体の神話として註に既出のメンフィスに近いヘリオポリスで伝えられた最古の創世神話に属する女神で、系譜も業績も逸話も割合にはっきりしている。世界が“原初の水”を意味するヌンのみ存在する暗黒、そんな中、太陽神アトゥムが自らの力でヌンから生まれ出る。アトゥムは新たに生命を作ることにし、2種の神シュウとテフヌトを生み出し、夫婦とする。そして大地の神ゲブと天の女神ヌトが誕生する。ヌトは5人の子供を宿し、オシリス、イシス、セト、ネフティス、ハエロリスが生まれる。そしてオシリス神話へと続く（オシリスについては第3幕冒頭の註参照）。オシリスとイシスは兄妹であったが、愛し合い結婚する。イシスは家事を行ない、穀物を挽く、布を織る等の女の仕事を教える女神となった。ところが父神の後を継いで地上の王となった夫のオシリスが、弟であるセトの嫉妬をかい、計略により暗殺されてしまう。イシスは穏やかな為政者の妻から一変する。嘆き悲しみながらもナイルに流されてしまった夫の遺骸を探す旅に出る。遺骸は柩に入ったままフェニキアのビブロスにまで流されていたが、魔術等によりそれを知り、かの地まで行ってついに遺骸を見つけ出す。ビブロスの王の船でエジプトへ夫を連れ戻し、蘇生を試みようとするが、セトに発見され、遺体は今度は切り刻まれた。妹のネフティスと再び散らばった遺体の断片を探しに向かったイシスは、一つ一つ探し出し、ついに蘇生させることに成功する。そして息子ホルスが生まれた。その後オシリスは冥界へ戻り、イシスは苦難のうちにホルスを育てるが、セトの憎しみは強く、毒蛇に変身してホルスを噛む。自分の魔術で解毒不可能だったイシスは、やはりヌンから生れた太陽神ラーの力を借りて息子を救う。神々はその代償としてホルスに地上の人々の庇護を命じた。これは結果として父神オシリスの継承者を認められたことであり、セトから王権を取り戻すこととなった。その後、歴代のファラオは、地上の支配者であるホルスから王権を譲り渡された神の化身と考えられるようになり、ホルスがファラオの祖先ということになった。イシスの図像は女性の人態で表わされ、頭上にイシスが王座を意味するところからその象形文字、あるいは地域によっては一対の角の間に太陽の円盤を挟んだ被り物を乗せ、エジプト式の長衣をまとっている。イシスに関する記述は、エジプトの神々について無知な対訳者としては、何冊かの関連書物に頼ることになった。特に多くの知識を得たのは『古代エジプト人―その神々と生活』（ロザリー・デイヴィット著／筑摩書房）、『エジプトの神々』（池上正太著／新紀元社）、またプルタルコスの著作『モラリア』中の1篇「エジプト神イシスとオシリスの伝説について」（岩波文庫）は必ずしも学術的に正確な叙述といえない部分もあるとのことだが、一冊の読み物として非常に興味深かった。

*2〈台〉はDelleと、〈譜〉と違って語尾切断をしていない。語尾切断のあるなしによって詩行の音節の数に変化が生じている例は少ないが、次の単語とのつながりで音の響きと歌唱のあり方に微妙な差異があると思われるので、この先〈譜〉と〈台〉で語尾切断の異なる箇所は註で示すことにする。

RADAMÈS
ラダメス

Oh,*1 lui felice!

おお、幸せな彼！

RAMFIS
ランフィス

(con intenzione, fissando Radamès)
Giovane e prode è desso. Ora, del Nume
Reco i decreti al Re.
*(Esce.*2)*

（意味ありげに、ラダメスをじっと見ながら）
若くして勇ましい、その者は。すぐさま神の
御意を王にお伝えいたす。
（退場）

Romanza ロマンツァ

RADAMÈS
ラダメス

Se quel guerrier*3
Io fossi! se il mio sogno
Si avverasse!... Un esercito di prodi
Da me guidato... e la vittoria... e il plauso
Di Menfi tutta! E a te, mia dolce Aida,

もしその戦士が
僕であったなら！ もし僕の夢が
現実になったなら！…勇士の軍が
僕に率いられ…そして勝利…そして歓呼、
メンフィスあげての！ そしたら君のもとへ、僕の優しきアイーダ、

*1 対訳のテキストの句読点は総譜によるものだが、《アイーダ》作曲に当たってはテキストに対して大いに関心を示して自ら詩句に手を入れたという作曲者ヴェルディと台本作者ギズランツォーニとの詩句への微妙な感覚の差異は句読点にも現われていると考えられる。そこでこの対訳では総譜と台本との句読点の違いを註で示したい。ただしコンマについては、両者のすべての違いを記すと数が多いため、それにより意味上の差異が生じる場合のみ註にすることとしたい。例えばここの“,”は、台本作家のテキストにはないが、感嘆詞のあとのコンマは付すのが普通、しかし、なしでも意味は変わらない。このようにコンマの有無が文章解釈に大きく影響しなければ、この先、註に取り上げていない。

*2 ここでは Esce. と大文字で記したが、〈譜〉では esce. と小文字になっている。ト書きに関して、〈譜〉は句＝フレーズと文＝センテンスの始まりの単語の綴り初めを大文字にするか小文字にするか基準がないようで、大文字で始まるべきセンテンスの形をなす一文の頭が小文字で始まる、反対にフレーズであって大文字で始まる、といった例が見られる。対訳のト書きは〈譜〉の形をそのまま取り入れるのでなく、これを整理し、センテンスであるものは大文字で、フレーズであるものは小文字で始めることにした。ここでの例は “Esce.” がセンテンスであるので、〈譜〉と違って大文字で始めている。

*3 〈台〉は guerriero と、〈譜〉の guerrier と違って語尾切断＝トロンカメントをしていない。このように〈台〉と〈譜〉で語尾切断のあるなしの異なる例が（ほとんどの場合、〈台〉では語尾切断がなく、〈譜〉でそれが行なわれている）多々見られる。切断によって詩行の音節の数が変化している例は少ないが、次の単語とのつながりで音の響きに、また歌唱のありようにかなり差異があると思われ、そこに台本作者と作曲者の間の微妙な感覚の差も垣間見られるかと考え、この先、〈譜〉と〈台〉で語尾切断が異なる箇所は註で示すことにする。

Tornar di lauri cinto...
Dirti: per te ho pugnato,*1 per te ho vinto!

月桂冠を戴き戻る…
君にいう、君のため戦い、君のため勝ったと！

Celeste Aida, forma divina,
Mistico serto*2 di luce e fior;
Del mio pensiero tu sei regina,
Tu di mia vita sei lo splendor.

清きアイーダ、神々しい姿よ、
神秘を誘う光と花の冠よ、
我が思いの、君こそ女王、
君こそ我が命の輝き。

Il tuo bel cielo vorrei ridarti,
Le dolci brezze del patrio suol;
Un regal serto sul crin posarti,
Ergerti un trono vicino al sol.*3
*(Sulle ultime battute entra in scena Amneris.)**4

君の美しい空を君に返し
祖国の地の甘いそよ風を返し
王冠を君の髪にのせ
君のため玉座をかかげたい、太陽に近く。
（最後の数小節でアムネリスが舞台に登場）

*1 〈台〉“,”でなく、“e＝そして”と接続詞にしている。
*2 繰り返しのパートでは“serto＝冠”でなく“raggio＝輝き”としている。
*3 繰り返しのパートは“.”が感嘆符の“!”となる。
*4 〈台〉にない〈譜〉のみのト書き。

*1

AMNERIS
アムネリス

Quale insolita gioia*2
Nel tuo sguardo! Di quale
Nobil fierezza ti balena il volto!
Degna d'*3invidia oh! quanto
Saria la donna il cui bramato aspetto
Tanta luce di gaudio in te destasse!

何という常ならぬ喜びが
そなたの眼差しに！ 何という
高潔な勇猛さがそなたの面(おもて)にきらめくこと！
羨望の的に、ああ！ どれほどか
その女性(にょしょう)はなることでしょう、その者の憧れの姿が
かくも歓喜の光をそなたのうちに呼び起こすとしたら！

RADAMÈS
ラダメス

D'un sogno avventuroso
Si beava il mio cuore. Oggi, la Diva
Profferse il nome del guerrier che al campo
Le schiere egizie condurrà... Ah!...*4 s'io fossi
A tal onor prescelto...

幸運なる夢に
私の心はうっとり浸っておりました。今日、女神は
戦士の名を申し渡されました、戦場にて
エジプト軍を率いることになる戦士の…ああ！…もし私が
そうした名誉にと選ばれたなら…

*1〈台〉ではここに〈譜〉にない"Duetto＝二重唱"と入っている。対訳では、重唱、シェーナ、ロマンツァ等の楽曲の呼称を〈譜〉に従って本文中に記しているが、台本作者が区分して付した呼称を作曲者がどのように自身の意図により変更したか、それを知るための参考として、この先、〈譜〉と相違がある場合に〈台〉のものを註で示すことにする。
*2〈台〉"fiamma＝炎"としている。
*3〈台〉は語尾切断なしで"di"
*4〈台〉には、1行の音節の数からも当然ながら、この感嘆詞なし。

AMNERIS
アムネリス

Nè*1 un altro sogno mai
Più gentil... più soave*2
Al core*3 ti parlò?*2 Non hai tu in Menfi
Desiderii... speranze?*2

これまでまったくなかったと、もっと別の夢、
もっと優しく…もっと甘いのが
そなたの心に語りかけたことが？ そなた、メンフィスにないと、
願いとか…希望とか？

RADAMÈS
ラダメス

Io!*4 (quale inchiesta!)*5

私が！（何たる探り！）

(Forse... l'arcano amore
Scoprì che m'arde in core...
Della sua schiava il nome
Mi lesse nel pensier!)

（あるいは…秘めた恋を
あのお方は見抜いたか、この胸に燃えるのを…
あの方の女奴隷の名を
僕の思いの中に読み取ったか！）

AMNERIS
アムネリス

(Oh! guai se un altro amore
Ardesse a lui nel core!*6
Guai se il mio sguardo penetra
Questo fatal mister!)
*(Entra Aida.)**7

（ああ！ ただではおかぬ、もし別の者への恋が
彼の胸に燃えているとしたら！
ただではおかぬ、もし私の目が見抜けば、
こうした忌わしい秘密を！）
（アイーダ登場）

*1 アクセント記号に関して、この単語はeが閉口音であるので正字法では“´”が付き“né”であるが、〈譜〉では開口音の記号である“`”を付けて“nè”としている。これはアクセント記号の簡略化のために閉口、開口共に開口の“`”を用いることも可能であるからで、〈譜〉ではこの方法を取っている。この対訳では〈譜〉の例に従い、開口アクセント記号のみの表記をすることとし、ここでも“né”とせずに“nè”とした。
*2 〈台〉後に“...”あり。
*3 〈台〉cuoreと表記。
*4 〈台〉後に“...”あり。
*5 〈譜〉には（da sè＝独白）とト書きがあるが、台詞には（　）が付されており、独白であると視覚的に明瞭である。また譜面には必ずしもすべての独白に（da sè）とト書きが配されているわけではなく、そこでこの先〈譜〉に（da sè）とある場合もト書きとして特別に記さず、（　）付きの台詞は独白と考えていただくこととしたい。
*6 〈台〉後に“...”あり。
*7 〈台〉このト書きなし。

＊1

RADAMÈS
ラダメス

(vedendo Aida)
Dessa!

（アイーダを目にして）
彼女が！

AMNERIS
アムネリス

(Ei si turba... e quale
(osservando)＊2
Sguardo rivolse a lei!
Aida!... a me rivale...
Forse saria costei?)

（あの者はうろたえて…それに何という
（注意深く眺めながら）
眼差しを女に向けたことか！
アイーダ！…私の恋敵…
もしやそうでは、あの女が？）

(＊3 volgendosi ad Aida)
Vieni, o diletta, appressati...
Schiava non sei nè ancella
Qui dove in dolce fascino
Io ti chiamai sorella...

（アイーダの方へ向いて）
おいで、可愛い娘、そばへお寄り…
おまえは奴隷でなく、召使でもなく
ここでは、それどころか、甘い魅力ゆえ
私はおまえを妹と呼んだのですよ…

Piangi?... delle tue lacrime
Svela il segreto a me.

お泣きなの？…おまえの涙の
秘密を私に明かしてごらん。

AIDA
アイーダ

Ohimè! di guerra fremere
L'atroce grido io sento...
Per l'infelice patria,
Per me... per voi pavento.

悲しいことに！ ざわめきが、
戦いの痛ましい叫びが、私には聞こえて…
不幸な私の祖国のため、
私のため…貴女様がたのために恐れるのです。

＊1〈台〉ここに“Terzetto＝三重唱”と、楽曲区分けの呼称あり。
＊2〈台〉このト書きなし。
＊3〈台〉この前に“dopo breve silenzio＝短い沈黙の後”とあり。

AMNERIS
アムネリス

Favelli il ver? nè s'agita
Più grave cura in te?
(Aida abbassa gli occhi e cerca dissimulare il proprio turbamento.)

本当のことをお言いかしら？ 騒いでいるのではなくて、
おまえの中ではもっと深い悩みが？
（アイーダ、目を伏せ、そして自分の動揺を包み隠そうとする）

(guardando Aida)
(*[1]Trema, o*[2] rea schiava, ah! trema,
Ch'io nel tuo cor discenda!...
Trema che il ver m'apprenda
Quel pianto e quel rossor!)

（アイーダを見ながら）
（戦(おのの)くがよい、邪(よこしま)な奴隷め、ああ！ 恐れるがよい、
私がおまえの心の底まで探るのを！…
恐れるがよい、真実を私に告げるのを、
その涙とその頬の紅潮が！）

RADAMÈS
ラダメス

(guardando Amneris)
(Nel volto a lei balena
Lo sdegno ed il sospetto...
*[3]Guai se l'arcano affetto
A noi leggesse in cor!)

（アムネリスを見ながら）
（あの人の顔にのぞく、
憤りと疑いが…
ただではすまぬ、もし秘めた愛情を
我われの心のうちに読み取ったなら！）

AIDA
アイーダ

(Ah!*[4] No, sulla mia*[5] patria
Non geme il cor soltanto;
Quello ch'io verso*[6] è pianto
Di sventurato amor!*[7])

（ああ！ いいえ、自分の祖国のこと
だけにこの心は苦悶するのではないわ、
私が流すのは涙、
不幸な恋の！）

＊1 繰り返しのパートで感嘆詞の“Ah!”が入る。
＊2 繰り返しのパートで呼び掛けの“o”は省かれる。
＊3 繰り返しのパートで感嘆詞の“Ah!”が入る。
＊4 〈台〉感嘆詞の“Ah!”なし。
＊5 〈台〉“mia＝自分の”でなく“afflitta＝悲嘆にくれる”。sulla はそのため sull' となる。
＊6 繰り返しのパートでこの後、感嘆詞の“ah!”が入る。
＊7 〈台〉は“.”

*1

(Entra[2] il Re, preceduto dalle sue guardie e seguite da Ramfis, dai Ministri, Sacerdoti, Capitani ecc., ecc.*[2])*

（王、衛兵たちを先導に、ランフィス、大臣、神官、軍隊長たち等々を従えて登場）

IL RE
王

Alta cagion v'*[3]aduna,
O fidi Egizi, al vostro Re d'intorno.
Dai*[4] confin d'Etiopia un Messaggiero*[5]
Dianzi giungea.*[6] Gravi novelle ei reca...
Vi piaccia udirlo...

重大なる故(ゆえ)が汝らを集めておる、
エジプトの忠臣たちよ、王のめぐりに。
エチオピアの国境から使者が
今しがた到着。この者は由々しき知らせをもたらしておる…
話を聞くがよかろう…

(ad un Uffiziale)
Il Messaggier s'avanzi*[7]!

（官吏に）
使者の進み出るよう！

*1〈台〉"Scena e pezzo d'assieme＝シェーナと合同合唱の楽曲"と区分けの呼称あり。
*2〈台〉"Entra＝登場"の部分なし。また ecc. の後に"Un Uffiziale di Palazzo, indi un Messaggiero.＝1人の式部官、その後に使者。"とある。
*3〈台〉語尾省略なしで"vi"
*4〈台〉Dal として confin を単数にしている。
*5"使者"の綴りに、ここに見るテキスト中の Messaggiero と役名としての Messaggero の2種が使われている。前者の i は g に［dʒ］の音を与えるための役割をする文字である。しかしここの gi の後、また次ページ冒頭の役名部分 Messaggero の g の後、共に e があり、発音上 gie と ge のどちらも実質的に［dʒe］となる。そのため綴りとして2種を使う必然性はなく、messaggero の形の方が一般的。
*6〈台〉センテンスをここで切らずに"；"として次へ続けている。
*7〈台〉si avanzi

MESSAGGERO*[1]
使者

Il sacro suolo dell'Egitto è invaso
Dai barbari Etiòpi*[2]...*[3]i nostri campi
Fur devastati... arse le messi... e baldi
Della facil vittoria, i predatori
Già marciano su Tebe...

エジプトの聖なる国土は攻め込まれております、
蛮族エチオピア人によって…我が国の耕地は
荒されました…収穫物は焼かれ…そして
安き勝利に奢(おご)って、略奪者どもは
すでにテーベ*[4]を指して進軍しており…

***[5]RADAMÈS, IL RE, RAMFIS, SACERDOTI, MINISTRI, CAPITANI**
ラダメス、王、ランフィス、神官、大臣、軍隊長たち

Ed osan tanto!

それほどに挑んでくるか！

MESSAGGERO
使者

Un guerriero indomabile, feroce,
Li conduce, Amonasro!

猛悪なる、不屈の戦士が
皆を率いております、アモナズロが！

***[5]RADAMÈS, IL RE, RAMFIS, SACERDOTI, MINISTRI, CAPITANI**
ラダメス、王、ランフィス、神官、大臣、軍隊長たち

Il Re!

王が！

AIDA
アイーダ

(a parte)
(Mio padre!)

（傍らに寄って）
（私の父上が！）

MESSAGGERO
使者

Già Tebe è in armi e dalle cento porte
Sul barbaro invasore
Proromperà, guerra recando e morte.

すでにテーベは戦闘準備に入り、百の城門から
蛮族の侵入者めがけて
襲いかかり、戦いと死をもたらすこととなりましょう。

＊1 前ページ＊5 参照。
＊2 〈台〉Etiòpi とアクセント記号をつけている。この語のアクセントは通常 Etìopi であるが、アクセントがこの位置であると11音節の詩行の第５音に強勢が落ちることになり、これは作詩上の禁忌であるため記号を付して第５音節のアクセントを避けられるようにしている。楽譜では音符がこれを解決している。
＊3 〈台〉は“;”
＊4 テーベもやはり古代エジプトの重要都市の１つ。現在のルクソールの辺りに位置していた。もともと上エジプトの中心地であったが、前1600年頃にエジプト王国は遊牧民のヒクソスの侵攻を受けて王権を奪われ、異民族支配に甘んじなければならない状態に陥り、その時、テーベの貴族が叛乱を起こしてヒクソス放逐に成功した。これによりこの都市はエジプト全土に力を持ち、王国の首都となった。
＊5 〈台〉は“Tutti＝全員”としている。が、〈譜〉ではアイーダはこれに加わっていない。

IL RE
王

Sì: guerra e morte il nostro grido sia.

さよう、我らが雄叫(おたけ)びは、戦いと死なれ。

***1RADAMÈS, RAMFIS, SACERDOTI, MINISTRI, CAPITANI**
ラダメス、ランフィス、神官、大臣、軍隊長たち

Guerra! Guerra! tremenda, inesorata!*2

戦いを！ 戦いを！ 恐るべき、仮借なき！

IL RE
王

(accostandosi a Radamès)
Iside venerata
Di nostre schiere invitte
Già designava il condottier supremo:
Radamès.

（ラダメスに近づきながら）
崇めらるる尊きイシスは
我らが無敵の軍の
最高指揮官をすでに選びたもうている、
ラダメスと。

***3AIDA, AMNERIS, MINSTRI, CAPITANI**
アイーダ、アムネリス、大臣、軍隊長たち

Radamès!

ラダメス！

RADAMÈS
ラダメス

Ah!*4 Sien grazie ai Numi!
Son paghi i voti miei!*5

ああ！ 神々に感謝の向かわんことを！
私の祈願は満たされました！

AMNERIS
アムネリス

(Ei duce!)

（彼が指揮官！）

AIDA
アイーダ

(Io tremo.)

（私は身が震える。）

＊1〈台〉は“Tutti＝全員”だが、〈譜〉では王は加わっていない。
＊2〈台〉前の Guerra! と切り離し、“Tremenda, inesorata...”として王の台詞にしている。
＊3〈台〉“Tutti＝全員”
＊4〈台〉この感嘆詞なし。
＊5〈台〉I miei voti fur paghi. の語順で、また〈譜〉の son（直説法現在）に対して fur（直説法遠過去）と過去を強調している。

IL RE
王

Or, di Vulcano[*1] al tempio
Muovi, o guerrier;[*2] le sacre
Armi ti cingi,[*3] alla vittoria vola.

これより、ウルカヌスの神殿へ
まいれ、戦士よ、聖なる
武具を帯び、勝利へ向け飛び立て。

Su! del Nilo al sacro lido,
Accorrete, Egizii eroi;
Da ogni cor prorompa il[*4] grido:
Guerra e morte allo stranier!

いざ！ ナイルの聖なる川辺へと
馳せよ、エジプトの勇士たち、
あらゆる心より叫びの迸(ほとばし)らんことを、
夷狄(いてき)に戦いと死をと！

RAMFIS[*5]
ランフィス

Gloria ai Numi![*6] ognun rammenti
Ch'essi reggono gli eventi,
Che in poter de'[*7] Numi solo
Stan le sorti del guerrier.

神々に栄光を！ 誰しも思い起こせよ、
かの御方がたの万事を司りたもうことを、
ただ神々の御力のうちに
戦士の武運もあることを。

＊1 エジプトでローマ神話の火の神ウルカヌスの神殿へ、とは奇妙な台詞に思われる。だが、このオペラの原案を提供した当代随一のエジプト学者であるマリエットが執筆した「アイーダ」の散文シナリオにも、火の神への言及がある。エジプトでローマ神話の神の名が挙げられる理由は何だろうか？ ウルカヌスはローマ神話では火の神、そして火に関連した鍛冶、手工芸、武具等の守護神であり、それはギリシア神話でやはり火の神であるヘパイストスに相当する。プルタルコスは前註で書名を挙げた「エジプト神イシスとオシリスの伝説について」でヘパイストスはエジプトのプタハに相当すると述べている。これらを総合すると、マリエットは、プルタルコスと同様の見地で、プタハの神殿はつまりヘパイストスの神殿と考え、それがさらにローマ化されてウルカヌスになったのであろう。第２場になって、ウルカヌスの神殿で戦勝祈願や武器の聖別や指揮官への加護を求める宗教儀式が執り行なわれるが、巫女と神官が祈願のため呼ぶその名はプタハ（第２場の註参照）である。

＊2 〈台〉“.”にしてセンテンスを結び、Le sacre〜とセンテンスを新たにしている。

＊3 〈台〉コンマでなく接続詞の“e＝そして”

＊4 繰り返しのパートでは定冠詞を不定冠詞にして、後出の Ministri, Capitani と同じに un grido になる。意味上、大差はないが、“ただ一つの”と全員で声を合わせる気分だろうか…

＊5 繰り返しのパートで神官たちが加わる。

＊6 神官も加わる繰り返しのパートで“e＝そして”と接続詞が入る。

＊7 de' は繰り返しのパートから語尾省略なしの“dei”となっている。

MINISTRI, CAPITANI
大臣、隊長たち

Su! del Nilo al sacro lido
Sien barriera i nostri petti
Non eccheggi che un sol grido:
Guerra e morte allo stranier!

いざ！ ナイルの聖なる川辺にて
我らの胸こそ防壁となれ、
ただひとつの叫びのほか響かぬよう、
夷狄に戦いと死をとの！

RADAMÈS
ラダメス

Sacro fremito di gloria
Tutta l'anima m'investe.
Su! corriamo alla vittoria!
Guerra e morte allo stranier!

栄光への神聖なる高揚感が
私の全精神を包み込む。
いざ！ 勝利へ向けひた走ろう！
夷狄に戦いと死を！

AIDA
アイーダ

(Per chi piango? Per chi prego?*1
Qual poter m'avvince a lui!
Deggio amarlo ed è costui*2
Un nemico,*3 uno stranier!)

(私は誰のため泣くの？ 誰のため祈るの？
何という力が私をあの方へと引き寄せるの！
あの方を愛さずにはいられない、でもその人は
敵、夷狄！)

AMNERIS
アムネリス

*(*4consegnando una bandiera a Radamès)*
Di mia man ricevi, o duce,
Il vessillo gloriöso;
Ti sia guida, ti sia luce
Della gloria sul sentier.

(旗をラダメスに渡しながら)
私の手よりお受けなさい、指揮官よ、
栄光満てる軍旗を、
これがそなたの先達、そなたの光となりますよう、
栄光へ向けての道すがら。

*1〈台〉後に“...”あり。
*2 繰り返しのパートで ed è costui は“e veggo in lui＝でも私はその人のうちに見ている”となり、これは〈台〉に同じ詩句。さらに２度目の繰り返しのパートでは deggio amarlo の後、“è un nemico, uno straniero!＝あの人は敵、夷狄！”のみになる。
*3〈台〉は“...”
*4〈台〉この前に“recando una bandiera e＝旗を持ってきて、そして”あり。この場合、後出の una bandiera は代名詞（＝la）となる。

TUTTI meno AIDA
アイーダを除いて全員

Guerra! guerra! sterminio all'invasor!

戦いを！ 戦いを！ 侵略者に絶滅を！

AMNERIS
アムネリス

(a Radamès)
Ritorna vincitor![*1]

（ラダメスに）
勝って帰れ！

TUTTI
全員

Ritorna vincitor![*1]
(Escono tutti meno Aida.)

勝って帰れ！
（アイーダを除いて全員退場）

Scena e Romanza[*2] シェーナとロマンツァ

AIDA
アイーダ

Ritorna vincitor!... E dal mio labbro
Uscì l'empia parola! Vincitor[*3]
Del padre mio... di lui che impugna l'armi
Per me... per ridonarmi
Una patria, una reggia, e il nome illustre
Che qui celar m'[*4]è forza! Vincitor[*3]

勝って帰れ！…などと、わたしの口から
この忌わしい言葉が出たとは！ 勝ってとは、
自分の父に…武器をにぎる父に、
私のために…私に返してくださるために、
祖国、王宮、そしてここでは隠しておかねばならぬ
名誉ある名を！ 勝ってとは、

De' miei fratelli... ond'io lo vegga, tinto
Del sangue amato, trionfar nel plauso
Dell'Egizie coorti!... E dietro il carro,
Un Re... mio padre... di catene avvinto!...

自分の同胞に…この私があの方を見るがため、
私の愛する人々の血に染まり凱旋するのを、エジプトの群集の[*5]
歓呼の中！…そして戦車のうしろには
王が…私の父上が…鎖につながれて！…

＊1〈譜〉ではアムネリスと全員に分けられている“Ritorna vincitor!”だが、〈台〉では全員が一緒に発する台詞として“Va, Radamès, ritorna vincitor!＝行け、ラダメス、勝って帰れ！”となっている。
＊2〈台〉は“Scena＝シェーナ”とのみ。
＊3〈台〉語尾切断なしで Vincitor<u>e</u>。
＊4〈台〉mi
＊5 この対訳では、原文と日本語が同じ行で対応するよう逐語訳を試みているが、2つの言語の構造の違いから、時に対応しない場合も生じてしまう。それは註に示すことにするが、ここでは、“エジプトの群集の”の原文“Dell'Egizie coorti”は次行、“歓呼のなか”の原文“nel plauso”はこの行と、入れ替わっている。

L'insana parola,
O Numi, sperdete!
Al seno d'un padre
La figlia rendete;
Struggete le squadre
Dei nostri oppressor!

分別に欠けた言葉を
神々様、お聞きのがしください！
父親の胸に
娘をお戻しください、
お打ち破りください、軍勢を、
私どもの圧制者の！

Ah![1] sventurata! che dissi?[2] e l'amor mio?
Dunque scordar poss'io
Questo fervido amore[3] che, oppressa e schiava,
Come raggio di sol qui mi beava?

ああ！ 不幸な女！ 何をいったの？ それで私の恋は？
それならば私は忘れられるとでも、
この熱い恋を、虐げられた奴隷の身の私を
ここで太陽の光のように幸せにしてくれた恋を？

Imprecherò la morte
A Radamès... a lui ch'[4]amo pur tanto!
Ah! non fu in terra mai
Da più crudeli angoscie un core affranto!

私は死を願うことに、
ラダメス様の…こんなにも愛しているあの方の！
ああ！ この世にあった例（ためし）はないわ、
これより酷い苦悩に打ちひしがれた心が！

＊1〈台〉この感嘆詞なし。
＊2〈台〉後に“...”あり。
＊3〈台〉amor と語尾切断。
＊4〈台〉che

I sacri nomi di padre... d’*[1]amante
Nè proferir*[2] poss’io, nè ricordar.*3
Per l’un... per l’altro... confusa*[4] tremante...
Io piangere vorrei... vorrei pregar.

父親の…恋人のどちらの尊い名も
私は口にすることも、思うことも叶わないとは。
こちらのため…あちらのため…取り乱し、身を震わせ…
私は泣きたい…祈りたい。

Ma la mia prece in bestemmia si muta...
Delitto è il pianto a me... colpa il sospir...
In notte cupa la mente è perduta...
E nell’ansia crudel vorrei morir.

でも私の祈りは呪いに変わり…
涙は私には罪…嘆きは過ち…
深い闇に思案も惑い…
いっそ酷い苦悶のうちに死んでしまいたい。

Numi, *[5]pietà del mio soffrir!
Speme non v’ha pel mio dolor...
Amor fatal, tremendo amor,
Spezzami il cor, fammi morir!
(Esce.)

神々様、憐れみを私の苦しみに！
私の苦悩に希望はありません…
運命の恋よ、恐ろしい恋よ、
この心臓を引き裂き、死なせてほしい！
(退場)

＊1 〈台〉 di
＊2 〈台〉では profferir。
＊3 〈台〉は“...”
＊4 〈台〉“...”あり。
＊5 繰り返しのパートで感嘆詞の“ah!”が入る。

SCENA SECONDA 第2場

Interno del Tempio di Vulcano a Menfi.
Una luce misteriosa scende dall'alto.
Una lunga fila di colonne, l'una all'altra addossate, si perde fra le tenebre. Statue di varie Divinità. Nel mezzo della scena, sovra un palco coperto da tappeti, sorge l'altare sormontato da emblemi sacri. Dai tripodi d'oro si innalza il fumo degli incensi.

メンフィスにあるウルカヌスの神殿の内部。
神秘な光が上方から射している。
重なり合う円柱の長い列が暗闇の中へ消えている。様々な神の像。舞台中央、毛氈で覆われた壇上に、神に捧げる図像装飾が上方にしつらえられた祭壇が立ち上がっている。いくつもの黄金の三脚台からは香の煙が昇っている。

Gran Scena della consacrazione e Finale primo 宗教儀式の大シェーナと第1幕フィナーレ

*1

SACERDOTESSE 巫女たち

(nell'interno)
*(Gran Sacerdotessa sola)**2
Possente*3 Fthà, del mondo
Spirito animator, ah!*4
*(Sacerdotesse)**2
Noi t'invochiamo!

(舞台裏で)
(高位の巫女一人)*2
力強きプタハ*5、この世を
動かしたもう霊よ、ああ！
(全員)*2
我ら、御身に祈願せん！

*1 〈台〉ここに次のト書きがある。"Sacerdoti e Sacerdotesse, Ramfis ai piedi dell'altare. ＝神官と巫女たち、ランフィスが祭壇の壇下に。A suo tempo, Radamès. ＝適切な時にラダメス。Si sente dall'interno il canto delle Sacerdotesse accompagnato dalle arpe. ＝内部から竪琴に伴奏される巫女たちの歌が聞こえる。"
*2 〈台〉には高位の巫女の独唱と複数の巫女の合唱の区別はなく、"巫女たち" の台詞としている。対訳では〈譜〉に従って高位の1人と巫女たちの合唱を分けて記述した。
*3 〈台〉は "Immenso＝広大無辺の"。〈譜〉がプタハに対して2つの形容詞 possente と immenso を付しているのに対し、〈台〉では immenso の繰り返しとなる。
*4 〈台〉感嘆詞の "ah!" なし。続く2箇所の同じパターンの詩句での "ah!" もなし。
*5 古代エジプトのメンフィスで崇拝された創造神の1柱。プタハ信仰は、古くは職人を庇護する技芸の神としてであったが、メンフィスが最初の統一王国の首都になると、その権威づけの必要から創造神としての地位を与えられ、メンフィスはもちろんエジプト全土で絶大な力を持つ神となる。プタハの系譜の神話では、プタハはヘリオポリスのアトゥム（イシスの註参照）を取り込む形で彼を生み出したとし、彼を通じて全ての神々と世界を誕生させ、また他の神々にもプタハの意思と言葉により自らの活動を代行させたという。そして全ての存在の運命をプタハが司るとされた。王の守護者としてファラオに王位を与えるとも考えられ、ここから王の軍隊と戦争の守護者となった。戦勝祈願の第2場でプタハの名が呼ばれるのはそのためであろう。前註に記したように、プタハはギリシアではヘパイストス（ローマのウルカヌスに相当）と同一視された。図像は男性の人態、もしくはミイラ姿で、布を身にまとい、両手は布から出ており、足は包まれている。頭は剃髪か職人用の帽子、顎に儀式用の付けひげを帯びていることもある。

(Gran Sacerdotessa sola)
Immenso Fthà, del mondo
Spirto fecondator, ah!
(Sacerdotesse)
Noi t'invochiamo!

（高位の巫女一人）
広大無辺のプタハ、この世を
肥沃にしたもう霊よ、ああ！
（全員）
我ら、御身に祈願せん！

(Gran Sacerdotessa sola)
Fuoco increato, eterno,
Onde ebbe luce il sol, ah!
(Sacerdotesse)
Noi t'invochiamo!

（高位の巫女一人）
創られずしてある久遠の火よ、
そこより太陽は光を得た、ああ！
（全員）
我ら、御身に祈願せん！

RAMFIS[*1]**, SACERDOTI**
ランフィス、神官たち

Tu che dal nulla hai tratto
L'onde, la terra, il ciel,
Noi t'invochiamo!

無から引き出したもうた御身、
海、陸、天を、
我ら、御身に祈願せん！

Nume che del tuo spirito
Sei figlio e genitor,
Noi t'invochiamo!

神よ、御身の霊の
子にして親なる御方よ、
我ら、御身に祈願せん！

＊1〈台〉神官たちのみにしている。当然この中にランフィスも含まれるだろうが、〈譜〉にはランフィスと神官たちの合唱の声部があるので、対訳はそれに従って両者を記した。

Vita dell'universo,
Mito d'eterno amor,
Noi t'invochiam*1!

全宇宙の命よ、
久遠の愛の神話よ、
我ら、御身に祈願せん！

Danza sacra delle sacerdotesse　巫女たちの神に捧げる舞[*2]

(Radamès viene introdotto senz'armi, va all'altare; sul suo capo vien steso un velo d'argento.)

（ラダメス、武器を携えずに導かれてきて、祭壇へ向かう、彼の頭上に銀のヴェールが広げられる）

RAMFIS
ランフィス

(a Radamès)[*3]
Mortal, diletto ai Numi, a te fidate
Son d'Egitto le sorti. Il sacro brando
Dal Dio temprato, per tua man diventi
Ai nemici terror, folgore, morte.

（ラダメスに）
人にして神々の寵深き者、汝に託されておる、
エジプトの運命は。聖なる剣は
神により鍛えられ、汝の手により
敵への恐怖、雷光、死とならんことを。

[*4]SACERDOTI
神官たち

Il sacro brando
Dal Dio temprato, per tua man diventi
Ai nemici terror, folgore, morte.

聖なる剣は
神により鍛えられ、汝の手により
敵への恐怖、雷光、死とならんことを。

＊1 Noi t'invochiamo の句は巫女と神官たちによって〈譜〉、〈台〉共に6回繰り返されるが、〈譜〉のここのみで語尾切断の"invochiam"の形となる。
＊2〈台〉にはこの楽曲名なく、代わりに次のト書きがある。(Radamès viene introdotto senz'armi. = ラダメス、武器を携えずに導かれてくる。Mentre va all'altare, le Sacerdotesse eseguiscono la danza sacra. = 彼が祭壇へ向かう間、巫女たちは神に捧げる舞を踊る。Sul capo di Radamès vien steso un velo d'argento. = ラダメスの頭上に銀のヴェールが広げられる)
＊3〈台〉この指示なし。
＊4〈台〉ランフィスの台詞の一部に神官たちも和するこの部分を設定していない。

RAMFIS, SACERDOTI[*1]
ランフィス、神官たち

(volgendosi al Nume)
Nume, custode e vindice
Di questa sacra terra,
La mano tua distendi
Sovra l'egizio suol.

(神の方へ向いて)
神よ、この聖なる地の[*2]
守護者にして復讐者よ、
御身の手を広げたまえ、
エジプトの国土の上に。

RADAMÈS
ラダメス

Nume, che duce ed arbitro
Sei d'ogni umana guerra,
Proteggi tu, difendi
D'Egitto il sacro suol.[*3*4]

神よ、御身はおよそ人界の戦いの
導き手にして裁き手なれば
御身の守り、防ぎたまえ、
エジプトの聖なる国土を。

SACERDOTESSE
巫女たち

Possente Fthà,
Del mondo creator, ah!
Spirito animator,
Spirto fecondator.

力強きプタハ、
この世の創り手なる御方よ、ああ！
世を動かしたもう霊よ、
世を肥沃にしたもう霊よ。

*1〈台〉ではランフィスのみで、神官が和する指示はない。〈譜〉には両者の声部があるので、対訳では“ランフィス、神官たち”とした。
*2 この行と次行は日本語と原文が対応せず、“この聖なる地の”の原文“Di questa sacra terra”は次行、“守護者にして復讐者よ”の原文“custode e vindice”がこの行と、入れ替わっている。
*3〈台〉は“！”、〈譜〉では繰り返しのパートの最後を“！”としている。
*4〈台〉はここまでの詩句で第1幕のテキストが終わる。後は次のようなト書きで締めくくられる(Mentre Radamès viene investito delle armi sacre, le Sacerdotesse ed i Sacerdoti riprendono l'Inno religioso e la mistica danza. =ラダメスが聖なる武具を身に着けられている間、巫女と神官たちは宗教賛歌と神秘の舞を再び始める)。〈譜〉はさらに神官、巫女、ラダメス、ランフィスの歌唱が続き、最後に全員によるプタハの神への呼びかけで終幕となるが、これが〈台〉にいう再度の宗教賛歌と神秘の舞に当たる。ここの詩句は前出のテキストの部分的繰り返しであり、新たなものはない。とすれば台本のテキストとして繰り返しのパートを記す必要はないだろうが、譜面の構成を追うために、対訳では〈譜〉を整理してまとめ、記しておいた。

RADAMÈS
ラダメス

Possente Fthà,
Spirto fecondator,
Tu che dal nulla
Hai tratto il mondo,
Noi t'invochiamo!

力強きプタハ、
世を肥沃にしたもう霊よ、
御身こそ無から
この世を引き出したもうた御方、
我ら、御身に祈願せん！

RAMFIS, SACERDOTI
ランフィス、神官たち

Possente Fthà,
Spirto fecondator,
Tu che dal nulla
Hai tratto il mondo,
L'onde, la terra, il cielo,
Noi t'invochiamo*[1]!

力強きプタハ、
世を肥沃にしたもう霊よ、
御身こそ無から
引き出したもうた御方、この世、
海、陸、天を、
我ら、御身に祈願せん！

RADAMÈS, RAMFIS, SACERDOTESSE, SACERDOTI
ラダメス、ランフィス、巫女、神官たち

Immenso Fthà!

広大無辺のプタハ！

*1 ここも繰り返しのパートの最後の3回で語尾切断があり、"t'invochiam!"

第2幕
ATTO SECONDO

ATTO SECONDO 第2幕

SCENA PRIMA 第1場

Una sala nell'appartamento di Amneris.
Amneris circondata dalle Schiave che l'abbigliano per la festa trionfale. Dai tripodi si eleva il profumo degli aromi. Giovani schiavi mori agitano i ventagli di piume.

アムネリスの居室中の広間。
凱旋の祝賀のために盛装をさせる女奴隷たちに取巻かれたアムネリス。いくつもの三脚台から香の芳香が立ち昇っている。若いムーア人*1の奴隷たちが羽団扇を揺り動かしている。

Introduzione—Scena, Coro di donne e Danza degli schiavi mori 導入曲―シェーナ、女たちの合唱、そしてムーア人奴隷の踊り

SCHIAVE
女奴隷たち

Chi mai fra gl'inni e i plausi
Erge alla gloria il vol,
Al par d'un Dio terribile,
Fulgente al par del sol?

どなたが一体、賛歌と称賛の中
栄光にむけ飛翔するのかしら、
並ならぬ神様のように、
光り輝く太陽のように？

Vieni: sul crin ti piovano
Contesti ai lauri i fior;
Suonin di gloria i cantici
Coi cantici d'amor.

おいでに、そしたら貴方様の髪に雨と降りますよう、
月桂樹に飾りつけられて花々が、
栄光の頌歌が鳴り響きますよう、
愛の頌歌とともに。

*1 ムーア人とは、もともと、北西アフリカの古代の呼び名でマウル人の地を意味するマウレタニア（現在のモロッコおよびアルジェリアの一部に当たる）に住む民族を指した呼称だった。その後、北アフリカのより広い地域の人々、例えばエチオピア人などもこの名で呼ぶようになる。回教の誕生後は北アフリカ人とアラブ人の混血の回教徒をこう呼び、8世紀に回教徒がスペインに侵攻・征服してからはスペインにおける回教徒もこの名で呼んだ。このオペラでは、時代背景から当然回教徒の要素はなく、ムーア人とはマウレタニアの人々、もっと広範な北アフリカの人々、そしてそこにはエチオピアも含まれることになるだろう。なお、ムーア人と訳したイタリア語の原語“moro”を辞書で見ると、その多くに“黒人”という意義も入れているが、人種としてネグロに当たる黒人をこの語が意味することは、この語の語源が示す地域を考えると、ありえない。

AMNERIS
アムネリス

(Ah!*1 vieni, amor mio, m'inebbria,*2
Fammi beato il cor!)

(ああ！ 来たれよ、愛しのお人、私を酔わせておくれ、
私の心を至福に導いておくれ！)

SCHIAVE
女奴隷たち

Or, dove son le barbare
Orde dello stranier?
Siccome nebbia sparvero
Al soffio del guerrier.

今はどこにいるのかしら、野蛮な
夷狄(いてき)の大群は？
霧のように消えてしまったけれど、
戦士の一吹きで。

Vieni: di gloria il premio
Raccogli, o vincitor;
T'arrise la vittoria,
T'arriderà l'amor.

おいでに、そして栄光というご褒美を
お取りなさいませ、勝利者よ、
勝利はもう貴方様に微笑みました、
これから恋が貴方様に微笑みましょう。

AMNERIS
アムネリス

(Ah!*3 vieni, amor mio, ravvivami
D'un caro accento ancor!)
*(Le schiave continuano sempre ad abbigliare Amneris.)**4

(ああ！ 来たれよ、愛しのお人、私を甦らせておくれ、
また優しき言葉にて！)
(女奴隷たちはずっとアムネリスの身支度をし続ける)

*1〈台〉感嘆詞の"ah!"なし。
*2〈台〉は"…"
*3〈台〉感嘆詞の"ah!"なし。
*4〈台〉このト書きなし。

Danza di piccoli schiavi mori 子供のムーア人奴隷の踊り[*1]

AMNERIS
アムネリス

Silenzio! Aida verso noi s'avanza...
Figlia de'[*2] vinti, il suo dolor m'è[*3] sacro.
*(Ad un cenno d'Amneris le schiave[*4] s'allontanano.)*

静かに！ アイーダがこちらへやってきます…
敗者の娘、だからあれの苦悩は私には尊んでやるべきもの。
（アムネリスの合図で女奴隷たち、遠のく）

(Entra Aida portando la corona.)[*5]
Nel rivederla, il dubbio
Atroce in me si desta.[*6]
Il mistero fatal si squarci alfine!

（アイーダ、冠を持って登場）
あれをまた目にすると、疑念が
残酷に私のうちにきざしてくる。
由々しい謎はついにここで引き裂かれるがいい！

Scena e Duetto シェーナと二重唱

AMNERIS
アムネリス

(ad Aida con simulata amorevolezza)
Fu la sorte dell'armi a' tuoi funesta,
Povera Aida! Il lutto
Che ti pesa sul cor teco divido.

（アイーダに、見せかけの情愛を込めて）
武運はおまえ方につたなかったことね、
可哀想なアイーダ！ 悲運が
おまえの心にのしかかるのを私が分かち合いますよ。

Io son l'amica tua...
Tutto da me tu avrai... vivrai felice!

私はおまえの友…
この先も私からなんでも得て…幸せに暮らすことね！

＊1〈台〉では踊りの場面への言及なく、すぐアイーダ登場へつながる。
＊2〈台〉dei
＊3〈台〉mi è
＊4〈台〉女奴隷でなく、“tutti＝全員”としている。
＊5〈台〉このト書きなし。
＊6〈台〉は“...”

AIDA
アイーダ

Felice esser poss'io
Lungi dal suol natio,*1 qui dove ignota
M'è la sorte del padre e dei fratelli?...

幸せでありえましょうか、
生まれ故郷から遠く、ここに、私には知りえぬ土地にいて、
父と兄弟たちの消息も？…

AMNERIS
アムネリス

Ben ti compiango! pure hanno un confine
I mali di quaggiù... Sanerà il tempo
Le angoscie del tuo core...
E più che il tempo, un Dio possente... amore.

十分、同情しますよ！ でも限りがあって、
この世の不幸には…時が癒してくれましょう、
おまえの心の痛みを…
それに時よりも、力強い神が…愛が。

AIDA
アイーダ

*(vivamente commossa, *2a parte)*
(Amore, amore!*3 gaudio... tormento...
Soave ebbrezza, ansia crudel*4
Ne' tuoi dolori la vita io sento...
Un tuo sorriso mi schiude il ciel.)

（激しく心を動かされて、傍らに寄って）
(恋よ、恋！ 歓喜…苦悩…
甘い陶酔、酷い不安、
でもおまえの苦しみのうちに私は命を感じ…
おまえの微笑みは私に天国を開いてくれる。)

AMNERIS
アムネリス

*(guardando Aida fissamente)**5
(Ah! quel pallore... quel turbamento
Svelan l'arcana febbre d'amor...
D'interrogarla quasi ho sgomento...
Divido l'ansie del suo terror.)

（アイーダをじっと見ながら）
(ああ！ あの蒼白な顔色…あの狼狽ぶりは
恋の秘めた情熱を明かしている…
あれに問い質(ただ)すのはほとんど恐ろしいほど…
あれが恐怖ゆえに抱く不安を私も味わっている。)

＊1〈台〉は"…"
＊2〈台〉ト書きのこの部分なし。
＊3〈台〉では Amore! Amore!と独立したセンテンスの形。
＊4〈台〉"…"を入れている。
＊5〈台〉は（ad Aida, fissandola attentamente＝アイーダに向かって、彼女を注意深く見据えながら）

(osservandola attentamente)
Ebben: qual nuovo fremito
T'assal gentil Aida?

（彼女を注意深く凝視しながら）
でもそれで、どんな新たな胸騒ぎが
おまえを襲うの、優しいアイーダ？

I tuoi segreti svelami,
All'amor mio t'affida...
Tra i forti che pugnarono
Della tua patria a danno...

おまえの秘め事を明かしてごらん、
私が目をかけているのを信頼して…
勇士の中で、戦って
おまえの祖国を打ち負かした者の中で…

Qualcuno... un dolce affanno...
Forse... a te in cor destò?*1

誰かが…甘い悩みを…
もしや…おまえの心に目覚めさせたのでは？

AIDA
アイーダ

Che parli?...

何と仰せに？…

AMNERIS
アムネリス

A tutti barbara
Non si mostrò la sorte...
Se in campo il duce impavido
Cadde trafitto a morte...

すべてのものに残酷で
あったわけではありませんよ、運命は…
もし恐れ知らずの指揮官が戦場で
刺し貫かれて倒れ、死んだとしたら…

AIDA
アイーダ

Che mai dicesti!*2 misera!...

一体、何と仰せられました！ 悲惨な私！…

AMNERIS
アムネリス

Sì... Radamès da' tuoi
Fu spento... E pianger puoi?*3

そう…ラダメスがおまえ方によって
討たれたのです…それでおまえは泣くべきかしら？

*1〈台〉後に“...”あり。
*2〈台〉“ahi!”と感嘆詞あり。
*3〈台〉後に“...”あり。

AIDA
アイーダ

Per sempre io piangerò!

私はいつまでも泣くでしょう！

AMNERIS
アムネリス

Gli Dei t'han vendicata...

神々はおまえの敵（かたき）をとりたもうたのですよ…

AIDA
アイーダ

Avversi sempre
A me*1 furo i Numi...

常に敵意に満ちて
いたのです、神々は私に…

AMNERIS
アムネリス

*(prorompendo con forza*2)*
*3Trema! in cor ti lessi...
Tu l'ami...

（激しく勢い込んで）
恐れるがいい！　おまえの心の中は読めた…
おまえはあの男を愛している…

AIDA
アイーダ

Io!...

私が！…

AMNERIS
アムネリス

Non mentire!...
Un detto ancora e il vero
Saprò... Fissami in volto...
Io t'ingannava... Radamès... vive...

嘘をつくのでない！…
もう一言、それで真実を
知ることになろう…私の顔をとくとごらん…
私はおまえを欺いたのだ…ラダメスは…生きている…

AIDA
アイーダ

*(con esaltazione, *4in ginocchio)*
Vive!
Ah, grazie, o Numi!

（興奮し、跪（ひざまず）いて）
生きている！
ああ、感謝を、神々様！

＊1〈台〉では"Mi～"とあり、"私に"に対する強調がされていない。
＊2〈台〉"con ira＝怒って"
＊3〈台〉"Ah!"と感嘆詞あり。
＊4〈台〉"inginocchiandosi＝ひざまずきながら"

AMNERIS
アムネリス

E ancor mentir tu speri?[*1]
(nel massimo furore)
Sì... tu l'ami... Ma l'amo
Anch'io... intendi tu?[*2] son tua rivale...
Figlia de' Faraoni...

それでまだ嘘をつけると思うのか？
(極度に激昂して)
そう…おまえはあの男を愛している…だが愛している、
私もまた…おまえに分かるか？ 私がおまえの恋敵…
ファラオ一族の娘が…

AIDA
アイーダ

(con orgoglio, alzandosi)
Mia rivale!...
Ebben sia pure... Anch'io...
Son tal...
*(reprimendosi [*3]e cadendo a' piedi d'Amneris)*
Ah![*4] che dissi mai?[*5] pietà! perdono!

(誇らかに、立ち上がりながら)
私の恋敵！…
でしたら、それも結構…私もまた…
同様の者…
(自制し、そしてアムネリスの足許に屈(かが)んで)
ああ！ 一体、何を申しましたことか？ お慈悲を！ お許しを！

Ah![*6] pietà ti prenda del mio dolor...
È vero... io l'amo d'immenso amor...
Tu sei felice... tu sei possente,[*7]
Io vivo solo per questo amor![*8]

ああ！ 私の苦しみにお慈悲をお持ちくださいますよう…[*9]
真(まこと)です…私はあの方を愛しています、限りない愛をもって…
貴女様はお幸せです…貴女様はお力がおありです、
ひきかえ私はこの愛だけに生きております！

＊1〈台〉後に"..."あり。
＊2〈台〉後に"..."あり。
＊3〈台〉ト書きのこの部分なし。
＊4〈台〉この感嘆詞なし。
＊5〈台〉後に"..."あり。
＊6〈台〉この感嘆詞なし。
＊7〈台〉は"..."
＊8〈台〉は"."
＊9 原文は"私の苦しみについて慈悲があなた様をとらえてくれますよう"と表現。

AMNERIS
アムネリス

Trema, *1vil schiava! spezza il tuo core*2
Segnar tua morte può quest'*3amore...
Del tuo destino arbitra *4sono,
D'odio e vendetta le furie ho in cor.*5

恐れるがいい、卑しい女奴隷！ おまえの心を打ち砕け*6…
その愛はおまえの死を印すことにもなりうる…
私はおまえの運命の支配者、
心に狂おしいばかりの憎悪と復讐を抱いている。

Alla pompa che si appresta,
Meco, o schiava, assisterai;
Tu prostrata nella polvere,
Io sul trono accanto al Re.

準備整う儀式へと
私とともに、女奴隷よ、参列するのだ、
おまえは地面に平伏し
私は玉座で王のかたわらに。

Vien... mi segui,*7 apprenderai
Se lottar tu puoi con me.
(Parte.)

さあ…私についておいで、分かることであろう、
おまえに私と争うことができるかどうか。
(退場)

*1 〈台〉"o vil schiava" と呼び掛けの感嘆詞が入る。
*2 繰り返しのパートでは cor と語尾切断。
*3 〈台〉questo
*4 〈台〉"io sono" と主語を入れている。〈譜〉も繰り返しのパートでは主語の io が入る。
*5 〈台〉この後に (suoni interni＝舞台裏での音楽) と、ト書きを入れている。〈譜〉ではここで譜面上に "CORO INTERNO＝舞台裏での合唱" の声部があり、前出(第1幕) の "Su, del Nilo al sacro lido" 以下4行が、句読点にわずかな相違を伴なって繰り返される。
*6 心は愛の宿る場所と考えられているので、"心を打ち砕く" とは "愛を諦める" 意。
*7 〈台〉は "," が "... e" となり、"それで" と接続詞も付されている。〈譜〉も繰り返しの最後では〈台〉と同じに "e apprenderai＝それで分かることであろう" としている。

AIDA
アイーダ

Ah pietà!... che più mi resta?
Un deserto è la mia vita;
Vivi e regna, il tuo furore
Io tra breve placherò.
Quest'*1amore*2 che t'irrita*3
Nella tomba io spegnerò.*4

ああ、哀れみを！…もう何が私に残っておりましょう？
わたしの一生は砂漠です、
貴女様は生きながらえ、国をお治めくださいませ、その激情を
私は間もなくお鎮めいたすでしょう。
貴女様のお怒り招いたこの愛を
私は墓の中で消すことにいたします。

Numi, pietà del mio martir,
Speme non v'ha pel mio dolor!
Numi, pietà del mio soffrir!
*(S'incammina verso la scena a stento sull'ultima nota sarà scomparsa.)**5

神々様、憐れみを私の苦悶に、
私の苦悩に希望はありません！
神々様、憐れみを私の苦しみに！
(辛うじて舞台奥の方へ歩み始め、最後の音符で舞台から姿が消えている)

*1〈台〉Questo
*2 繰り返しのパートでは amor と語尾切断。
*3〈台〉ti irrita
*4〈台〉は "porterò" とあり、"消す" でなく、"(墓へ) 持っていくことにいたします" としている。〈台〉はここまでで第1場を終えるが、〈譜〉ではこの後に第1幕第1場のアリア "勝って帰れ" 中の2行（前出のアリアの2行に相当するが、Numi～ の詩句にここでは martir という単語が新たに使われているため、前出にこの行を加えて3行の詩句に整理した）が繰り返されており、対訳ではそれを添えた。
*5〈台〉このト書きなし。

SCENA SECONDA 第2場

Uno degli ingressi della città di Tebe.
Sul davanti un gruppo di palme. A destra il tempio di Ammone, a sinistra un trono sormontato da un baldacchino di porpora. Nel fondo una porta trionfale. La scena è ingombra di popolo.

テーベの町の城門の一つ。
舞台前景に何本かまとまった棕櫚の木。右手にアモン*1の神殿、左手に緋色の天蓋が上方にしつらえられた玉座。奥に凱旋門。舞台は民衆であふれている。

Gran Finale secondo 第2幕大フィナーレ

(Entra il Re, seguito dai Ministri, dai Sacerdoti, Capitani, Flabelliferi, Porta insegne, ecc. Quindi Amneris con Aida e schiave. Il Re va a sedere sul trono. Amneris prende posto alla sinistra del Re.)

(王が大臣、神官、軍の部隊長、儀礼用団扇持ち、旗手等々を従えて登場。続いてアイーダと女奴隷を伴ってアムネリス。王は進んでいき、玉座に座す。アムネリス、王の左に席を占める)

POPOLO 民衆

Gloria all'Egitto,*2 ad Iside
Che il sacro suol protegge!*3
Al Re che il Delta regge
Inni festosi alziam!

栄光あれ、エジプトに、イシスに、
聖なる国土を守りたまう神に！
川洲の国を治めなさる王に
祝賀の賛歌をささげよう！

*1 古代エジプトの重層的で複雑な神話の中でも、至高神の地位を占める重要な神。エジプトの多神教の神々の間では何とも寛大に、容易に、習合が行なわれていくが、そうした過程でアモンはあらゆる神の属性をその内に取り込むこととなり、そのためエジプト全土ですべての階層の人々の信仰対象となった。だが、その起源はテーベとその周辺の地方神で、役割も漠然と天地の神、死人の神というほどの存在だったという。そのうちテーベ出身の貴族が王国の政権内で力を持つと、テーベの神々を王朝の守護神に高めようとする動きが出てくる。ではテーベのどの神を当てるか。これを決めるのは強き貴族である。勢力争いで最終的に勝ったのはアモンを推す一派、ということで、アモンは一挙に最重要神の1柱となった。創世も神々を生み出したのもアモン、したがって他の系列の神話の至高神もその元はアモン、生殖や豊穣を司るのもアモン、アモンは太陽にも、月にもなる。さらにエジプト歴代王の父祖とも考えられ、したがってエジプトが得る戦利品はアモンに捧げられる。第2場の凱旋の場面はテーベ、エチオピアからの戦利品が運び込まれてくるとなれば、舞台背景にアモンの像があるのはよく理解できる。その後台頭する一神教の動きの中で疎まれるが、一神教の改革の方がアモンより先に消え、アモンは古代エジプト王国の滅亡まで信仰の対象であった。ギリシアでは全能の神ゼウスと同一視した。図像は男性の人態、エジプト式の短い上着、その上に羽を飾り付けた胴鎧、頭には長い羽が2本高く立ち上がった縁なし帽、手に生殖と長命の象徴のアンクと王笏を持つ。雄羊の角が生えた姿のものもある。
*2 〈台〉コンマでなく、接続詞の“e=そして”としている。
*3 〈台〉は“;”

DONNE
女たち

S'intrecci il loto al lauro
Sul crin dei vincitori!
Nembo gentil di fiori
Stenda sull'armi un vel.

月桂冠に蓮華が添えられ
勝者の方々の髪の上に載るよう！
優しい花の雲が
ヴェールとなり武具の上に広がるよう。

Danziam, fanciulle egizie,
Le mistiche carole,
Come d'intorno al sole
Danzano gli astri in ciel!

皆して踊りましょう、エジプトの乙女たち、
神秘の輪舞を
太陽をめぐって
大空の星が踊るように！

***1RAMFIS,**
SACERDOTI
ランフィス、神官たち

Della vittoria agl'arbitri
Supremi il guardo ergete;
Grazie agli Dei rendete
Nel fortunato dì!*2*3

勝利の至上の支配者に
眼差しをあげよ、
感謝を神々にささげよ、
この幸運の日に！

＊1〈台〉は“神官たち”のみ。神官にランフィスも当然含まれるだろうが、〈譜〉ではランフィス、神官両者の声部があるのでこのようにした。
＊2〈台〉は“.”
＊3〈台〉この後POPOLOとDONNE同様に8行の詩句が用意されていたが、次の4行には音楽が付けられなかった。Così per noi di gloria＝それにより我らに栄光ある／Sia l'avvenir segnato,＝未来が印されんことを、／Nè mai ci colga il fato＝決して我らを運命が捕らえることのなきように、／Che i barbari colpì.＝野蛮な民を襲ったその運命が。

(Le truppe Egizie, precedute dalle fanfare, sfilano dinanzi al Re.)
(altro corpo di truppe con alla testa i trombettieri)
(un drappello di danzatrici che recano i tesori dei vinti)
(Altre truppe seguono i carri di guerra, le insegne, i vasi sacri, le statue degli Dei.)
*(Entra Radamès, sotto un baldacchino portato da dodici Uffiziali.)**1

（軍楽隊に先導されたエジプト軍が王の前を列をなして行進する）
（ラッパ手を先頭にまた別の部隊）
（敗者の宝物を運ぶ踊り子の一団）
（別の軍団に戦車、軍旗、聖器、神々の像が続く）
（ラダメス、12人の式部官が掲げ持つ天蓋の下を登場してくる）

POPOLO
民衆

Vieni, o guerriero vindice,
Vieni a gioir con noi;
Sul passo degli eroi,
I lauri,*2 i fior versiam!
*(Il Re scende dal trono per abbracciare Radamès.)**3

来たれ、復讐者なる戦士よ、
来て、我らとともに喜べ、
我らは勇士たちの通り道に
月桂樹や花を投げかけよう！
（王、ラダメスを抱擁するために玉座から降りる）

IL RE
王

Salvator della patria io ti saluto.
Vieni, e mia figlia di sua man ti porga
Il serto trionfale.
*(Radamès s'inchina davanti ad*4 Amneris che gli porge la corona.)*

祖国の救い主よ、予はそちを歓迎する。
こちらへ、これより予の娘が手ずからそちに戴かせん、
勝利の花冠を。
（ラダメス、彼に冠を差し出すアムネリスの前で頭を下げる）

＊1 凱旋の場を構成する人物たちの登場を指示するト書きは、〈譜〉と〈台〉で大きな相違はないが、登場の順序等、微妙な差異があるので〈台〉のものを記しておく。(Le truppe Egizie precedute dalle fanfare sfilano dinanzi al Re. ＝軍楽隊に先導されたエジプト軍が王の前を列をなして行進する。Seguono i carri di guerra, le insegne, i vasi sacri, le statue degli Dei. ＝戦車、軍旗、聖器、神々の像等が続く。Un drappello di danzatrici che recano i tesori dei vinti. ＝敗者の宝物を運ぶ踊り子の一団。Da ultimo, Radamès, sotto un baldacchino portato da dodici uffiziali. ＝ 最後に、12人の式部官が捧げ持つ天蓋の下にラダメス)
＊2 繰り返しのパートでコンマが接続詞の“e＝そして”に変わる。
＊3 〈台〉このト書きを次の、王の台詞の直前におき、〈譜〉での主語 Il Re は関係代名詞“che”になっている。
＊4 〈台〉ad はなく、davanti Amneris。

(a Radamès)
Ora a me chiedi
Quanto più brami. Nulla a te negato
Sarà in tal dì... lo giuro
Per la corona mia, pei sacri Numi.

（ラダメスに）
さて、予に求めるがよい、
望むかぎりすべてを。何事であれそちに拒まれる
ことはない、かくのごとき日には…予はそれを誓う、
予の王冠にかけ、聖なる神々にかけ。

RADAMÈS
ラダメス

Concedi in pria che innanzi a te sien tratti
I prigionier...
(Entrano fra le Guardie i prigionieri Etiopi, ultimo Amonasro, vestito da ufficiale etiope[*1]*.)*

まずお許しください、御前に引き出されることを、
捕虜たちが…
（衛兵に囲まれてエチオピアの捕虜が、エチオピアの士官の服装をしたアモナズロを最後尾に登場）

AIDA
アイーダ

Che veggo!... Egli?...[*2] Mio padre!
(lanciandosi verso Amonasro)

何ということ！…あの人は？…私の父！
（アモナズロの方へ駆け寄りながら）

TUTTI
全員

Suo padre!

あれの父親！

AMNERIS
アムネリス

In poter nostro!...

こちらの手のうちに！…

AIDA
アイーダ

(abbracciando il padre)
Tu! prigionier!

（父を抱きしめながら）
あなたが！ 捕虜！

AMONASRO
アモナズロ

(sottovoce[*3] *ad Aida)*
Non mi tradir!

（アイーダに小声で）
わしの身分を明かすでないぞ！

＊1〈台〉は“エチオピアの”と特定していない。
＊2〈台〉は“! ...”
＊3〈台〉は“piano＝そっと”

IL RE *(ad Amonasro)*
王 T'appressa...
Dunque... tu sei?...

（アモナズロに）
近くへまいれ…
それでは…おまえは？…

AMONASRO Suo padre. Anch'io pugnai...
アモナズロ Vinti noi fummo... morte invan cercai.

あれの父親。手前も戦い…
我らは敗北した…死を求めたが果たせなんだ。

(accennando alla divisa che lo veste)
Quest'*1assisa ch'io vesto vi dica
Che il mio Re, la mia patria ho difeso;
Fu la sorte a nostr'armi nemica...
Tornò vano de'*2 forti l'ardir.

（身を被う軍服を指して）
手前のまとうこの軍服がそちら方に語らんことを、
手前が我が王を、祖国を守ったと、
だが武運は我らの軍に与(くみ)せず…
強き者の勇気も無に帰した。

Al mio piè nella polve disteso
Giacque il Re da più colpi trafitto;
Se l'amor della patria è delitto
Siam rei tutti, siam pronti a morir!

手前の足元で埃にまみれて倒れ
多くの攻撃を身に受け、王は横たわってしまわれた、
もし祖国愛が罪であるなら
我らはみな罪人、死ぬ覚悟はできている！

＊1〈台〉Questo
＊2〈台〉dei

([1]al Re, con accento supplichevole)*
Ma tu, *[2]Re, tu signore possente,
A costoro ti volgi*[3] clemente...
Oggi noi siam percossi dal fato,
Ah!*[4] doman voi potria il fato colpir.

（王に、哀願の調子で）
だが貴方に、王よ、強き君主なる貴方様に
これらの者のため寛容になっていただきたい…
今日、こちらが運命によって打ちのめされているが
ああ！ 明日、そちらを運命が襲うこともありえるやも知れぬ。

***[5]AIDA**
アイーダ

Ma tu, Re, tu signore possente,
A costoro ti volgi*[3] clemente...
Oggi noi siam percossi dal fato,
Ah!*[4] doman voi potria il fato colpir.

ですが貴方に、王様、強き君主なる貴方様に
この者たちのため寛容になっていただきたいと…
今日、こちらが運命によって打ちのめされていますが
ああ！ 明日、そちらを運命が襲うことがあるやも知れません。

SCHIAVE, PRIGIONIERI
女奴隷たち、捕虜たち

Sì; dai Numi percossi noi siamo;
Tua pietà, tua clemenza imploriamo;
Ah! giammai di soffrir vi sia dato
Ciò che in oggi n'è dato soffrir!

そうです、わたしどもは神々に打ちのめされております、
貴方様のお慈悲、ご寛容を願い上げます、
ああ！ けして皆様に苦しめと与えられませぬように、
今日、わたしどもに苦しめと与えられていることが！

*1〈台〉この前に"volgendosi＝（王の方へ）向いて"とある。
*2〈台〉呼び掛けの感嘆詞"o"を入れている。
*3 繰り返しのパートで ti volgi を"ti mostra＝(寛容なところを) お示しいただきたい"と変えている。
*4〈台〉この行にあるべき音節の数からも当然のように、この感嘆詞なし。
*5〈台〉ではアイーダにこの台詞はなく、代わりに次の SCHIAVE と PRIGIONIERI の台詞を共にしている。

RAMFIS, SACERDOTI
ランフィス、神官たち

Struggi, o Re, queste ciurme feroci,
Chiudi il core alle perfide voci;*1
Fur dai Numi votati alla morte,
Or de' Numi si compia il voler!*2

殲滅されよ、王よ、この凶暴な輩を、
不実な欺瞞の声には心を閉ざされよ、
この者どもは神々により死罪と裁かれております、
今こそ神々のご意志の果たされんことを！

AIDA, SCHIAVE, PRIGIONIERI
アイーダ、女奴隷たち、捕虜たち

Pietà! Pietà! Pietà!*3

お慈悲を！ お慈悲を！ お慈悲を！

POPOLO
民衆

Sacerdoti, gli sdegni placate,
L'umil prece de'*4 vinti*5 ascoltate.*6*7
*8E tu, o Re, tu possente, tu forte,
A clemenza dischiudi il pensier.

神官様、お怒りをお鎮めください、
敗者の慎ましい願いに耳傾けてください、
また貴方様は、国王よ、お力強き貴方様は
お考えをご寛容にお向けください。

RAMFIS, SACERDOTI
ランフィス、神官たち

A morte! a morte! a morte!*9

死を！ 死を！ 死を！

AMNERIS
アムネリス

(Quali sguardi sovr'essa ha rivolti!
Di qual fiamma balenano i volti!
Ed io sola avvilita, reietta?...*10
La vendetta mi rugge nel cor.)

(何という眼差しをあの女に向けたことか！
何という炎にあれらの顔は輝くことか！
そして私だけが蔑(ないがし)ろにされ、拒まれるのか？…
復讐心が私の胸のうちで唸りを発している。)

*1〈台〉は“.”
*2〈台〉は“si compisca dei Numi il voler!”としている。意味は同じ。〈譜〉も繰り返しのパートではこの形を取っている。
*3〈台〉この、慈悲を乞う台詞なし。
*4〈台〉dei
*5 一回目の歌唱にはこの“de' vinti＝敗者の”が入っていない。
*6〈台〉は“;”
*7 歌唱ではこの後にアイーダ、女奴隷、捕虜たちと同様に“Pieta!＝お慈悲を！”が挿入されている。
*8 歌唱ではテキストとしての定型の詩句の前に“Re possente, ＝力強き王よ、”が入る。
*9〈台〉この、死を求める台詞なし。
*10〈台〉ではこの行を“E a tal sorte serbata son io?...＝そして私はこのような運命のもとに取り残されるのか？…”としている。

IL RE
王

Or che fausti ne arridon gli eventi
A costoro mostriamci clementi...*1
La pietà sale ai Numi gradita
E rafferma de' prenci*2 il poter.

事のすべてが我らにめでたく笑みかけるとなれば
我らはあの者どもに寛容なる態度を示すとしよう…
慈悲は神々のもとへ昇って御意に副い
よって君主の力をさらに確固たるものとする。

RADAMÈS
ラダメス

(fissando Aida)
(Il dolor che in quel volto favella
Al mio sguardo la rende più bella;
Ogni stilla del pianto adorato
Nel mio petto ravviva l'ardor*3.)

(アイーダを見つめながら)
(あの顔に表れている苦しみは
この目に彼女をますます美しく見せる、
尊い涙のひと雫ひと雫が
僕の胸のうちに熱い思いをかきたてる。)

AMONASRO
アモナズロ

Tua pietà*4, tua clemenza imploriamo.

貴方様の慈悲、貴方様の寛容を願い上げます。

AIDA
アイーダ

Tua pietà imploro...

貴方様のお慈悲を願い上げます…

SCHIAVE, PRIGIONIERI
女奴隷たち、捕虜たち

Pietà, pietà, ah pietà!
Pietade, tua clemenza invochiamo.

お慈悲を、お慈悲を、ああ、お慈悲を！
貴方様のお慈悲、貴方様のご寛容を希(こいねが)います。

RADAMÈS
ラダメス

*5Re: pei sacri Numi,
Per lo splendor*6 della tua corona,
Compier giurasti il voto mio...

王よ、聖なる神々にかけ
貴方様の王冠の輝きにかけ
我が願いの成就することをお誓いくださいました…

＊1〈台〉は“;”
＊2〈台〉“dei Prenci”。Pの大文字、小文字の違いは意味上、差異はない。歌唱では、このde' prenciは繰り返しのパートの中で1度だけ歌われ、それ以外の箇所ではE rafferma il poterとのみ。
＊3〈台〉は“l'amor＝愛を”
＊4 繰り返しのパートで、意味は同じだが“pietade”となる。〈台〉ではアモナズロはこの行の台詞を発しない。
＊5〈台〉“O re”と呼び掛けの感嘆詞を入れている。
＊6〈台〉splendore

IL RE
王

Giurai.

誓った。

RADAMÈS
ラダメス

Ebbene: a te pei prigionieri Etiopi
Vita domando e libertà.

なれば、貴方様にエチオピアの捕虜たちへの
命と自由を願い上げます。

AMNERIS
アムネリス

(Per tutti!)

（すべての者に！）

SACERDOTI
神官たち

Morte ai nemici della patria!

祖国の敵には死を！

POPOLO
民衆

Grazia
Per gl'infelici!

恩情を
不幸な者たちに！

RAMFIS
ランフィス

Ascolta, o Re.
(a Radamès)
Tu pure,
Giovine eroe, saggio consiglio ascolta:

お聞きに、王よ。
（ラダメスに）
汝もまた、
若き勇士よ、賢慮の与える忠告を聞け、

*(indicando i prigionieri)**1
Son nemici e prodi sono...
La vendetta hanno nel cor,
Fatti audaci dal perdono
Correranno all'armi ancor!

（捕虜たちを指さして）
あれらは敵、加えて勇敢である…
胸に復讐を抱いておる、
恩赦により恐れ知らずとなり
またも急ぎ武器を取ろう！

RADAMÈS
ラダメス

Spento Amonasro il re guerrier, non resta
Speranza ai vinti.

戦いに長(た)ける王、アモナズロが没すれば、残っておりませぬ、
敗者に希望は。

*1〈台〉このト書きなし。

RAMFIS Almeno,
ランフィス Arra di pace e securtà, fra noi
Resti col padre Aida...*1

少なくも
和平と安泰の証(あかし)を我が方に
留めおかれるよう、父ともどもアイーダを以ってして…

IL RE Al tuo consiglio io cedo.
王 Di securtà, di pace un miglior pegno
Or io vo'*2 darvi. Radamès, la patria
Tutto a te deve. D'Amneris la mano
Premio ti sia. Sovra l'Egitto un giorno
Con essa regnerai...

そなたの忠告に予は譲る。
安泰の、和平のより確かな保証を
予は今ここで汝らに与えることとしたい。ラダメス、この国は
すべてをそちに負うておる。アムネリスの手が
そちへの褒美とならんことを。エジプトにいずれ
かの女(おんな)と君臨してもらう…

AMNERIS *(a parte)**3
アムネリス (Venga la schiava,
Venga a rapirmi l'amor mio... se l'osa!)

(傍らによって)
(来てみよ、さあ、女奴隷、
私の愛を奪いに来てみよ…やれるものなら！)

IL RE, POPOLO Gloria all'Egitto,*4 ad Iside
王、民衆 Che il sacro suol difende,
S'intrecci il loto al lauro
Sul crin del vincitor.*5

栄光あれ、エジプトに、イシスに、
聖なる国土を守りたもう神に、
月桂冠に蓮華が添えられ
あの勝利者の髪に載るよう。

*1〈台〉この後 "Gli altri sien sciolti... ＝他の者どもは解き放たれるよう…" とあり。
*2〈台〉では "vuo'" としている。この活用形は文法的には volere の直説法現在2人称単数で、主語が io（私は）の場合は〈譜〉のように vo' となるのが正字法に適う。しかしオペラの台本では、耳から言葉が入ると、vo' は andare の直説法現在1人称単数 vo と区別がつきにくい。そこで台本作家は、時に、意図的に vo'の代わりに vuo'を用いることがある。vuo' であれば人称はともかく、少なくとも andare でなく volere であることは聞き取れる。
*3〈台〉このト書きなし。
*4〈台〉はコンマでなく、接続詞の "e＝そして"
*5〈台〉は "!"

***1SCHIAVE, PRIGIONIERI**
女奴隷たち、捕虜たち

Gloria al clemente Egizio
Che i nostri ceppi ha sciolto,
Che ci ridona ai liberi
Solchi del patrio suol.*2

栄光あれ、寛容なるエジプトに、
我らの足枷を解いてくれた国に、
我らを戻してくれる国に、自由な
祖国の大地へ。

***3RAMFIS, SACERDOTI**
ランフィス、神官たち

Inni leviamo ad Iside
Che il sacro suol difende!*4
Preghiam che i fati arridano
Fausti alla patria ognor.

賛歌を捧げようぞ、イシスに、
聖なる国土を守りたもう神に！
祈ろうぞ、運が微笑むよう、
常に祖国に幸多く。

AIDA
アイーダ

(*5Qual speme omai più restami?
A lui la gloria,*6 il trono...
A me l'oblio*7 le lacrime
D'un disperato amor.)

(今もう私にどのような望みが残っていて？
あの方には栄光が、玉座が…
私には忘却*8 が、涙が、
絶望の恋の。)

＊1〈台〉は捕虜のみで、女奴隷にこの台詞を振り分けていない。
＊2〈台〉は“！”
＊3〈台〉は神官たちのみで、ランフィスにこの台詞を与える指示をしていない。神官には当然ランフィスも含まれるだろうが、〈譜〉ではランフィスの声部があるので、対訳では両者を記した。
＊4〈台〉は“；”
＊5 繰り返しのパートで“Ah qual speme〜”と感嘆詞あり。
＊6〈台〉コンマでなく、接続詞“e＝そして”。
＊7〈台〉ここに“...”あり。
＊8 忘却は、“アイーダが忘れる”意か、“アイーダが忘れられる”意か？ 語法上からは両者が考えられる。どちらを取るかは解釈の問題となる。

RADAMÈS
ラダメス

(D'avverso Nume il folgore*1
Sul capo mio discende...
Ah no! d'Egitto il soglio*2
Non val d'Aida il cor.)

(敵意ある神の雷光が
僕の頭上に落ちる…
ああ、いや！ エジプトの玉座は
アイーダの心に値しはしない。)

AMNERIS
アムネリス

(Dall'inatteso giubilo*3
Inebbriata io sono;
Tutti in un dì si compiono
I sogni*4 del mio cor.)

(思いがけぬ歓喜に
私は酔いしれる、
すべて一日にして成就するのだ、
私が心に抱く夢が。)

AMONASRO
アモナズロ

*(sottovoce*5 ad Aida)*
*6Fa cor: della tua patria
I lieti eventi aspetta;
Per noi della vendetta
Già prossimo è l'albor.

(アイーダに、小声で)
気を強く持て、そなたの祖国にとり
喜ばしき結果を待て、
我らにとり復讐の
曙はすでにすぐそこだ。

＊1 繰り返しのパートで"Quale inatteso folgore＝何という予期せぬ雷光が／Sul capo mio discende!＝僕の頭上に落ちる！"としている。さらに再度の繰り返しのパートで"Ah quale～"と感嘆詞が入る。
＊2 繰り返しのパートでil soglioが"il trono＝王位"と"il suol＝国土"に変わっている箇所がある。
＊3 繰り返しのパートで、意味は変わらないがgaudioとなる。その後の繰り返しのパートで、さらにAh! Dall'inatteso gaudioと感嘆詞が入る。
＊4 繰り返しのパートで"Le gioie＝（私が心に抱く）喜びが"となる。そのため上行のTuttiはgioieに合わせて男性形から女性形のTutteになっている。
＊5 〈台〉この部分のト書きなし。
＊6 繰り返しのパートで"Ah fa cor:"と感嘆詞が入る。

第3幕
ATTO TERZO

ATTO TERZO 第3幕

Le rive del Nilo.
Roccie di granito fra cui crescono dei palmizii. Sul vertice delle roccie il tempio d'Iside per metà nascosto tra le fronde. È notte stellata. Splendore di luna.

ナイル河の岸辺。
御影石の岩々、そのあいだに何本かの棕櫚が生えている。岩の最も高い地点に半ば樹葉に隠れてイシスの神殿。星空の夜である。月の輝き。

Introduzione, Preghiera—Coro, 導入曲、祈り—合唱、
Romanza—Aida ロマンツァ—アイーダ

SACERDOTI, SACERDOTESSE 神官、巫女たち

(nel Tempio)
O tu che sei d'Osiride
Madre immortale e sposa,
Diva che i casti palpiti
Desti agli umani in cor;
Soccorri a noi pietosa,
Madre d'immenso amor.
(Da una barca che approda alla riva, discendono Amneris, Ramfis, alcune Donne[*1] *coperte da fitto velo e Guardie.)*

(神殿の中で)
御身、オシリス[*2]の
不死の御母にして妻なる御方よ、
清らかなるときめきを
諸人の心に呼び起こしたもう女神よ、
我らに慈悲深く救いをたれたまえ、
広大無辺の愛の御母よ。
(川岸に着岸する小舟からアムネリス、ランフィス、厚いヴェールを被った数人の女官、そして衛兵が降りる)

＊1〈台〉donne と小文字。Donne と大きな違いはないが、大文字であれば固有名詞に近く、王女付きのあの女官たちという意味合いが感じられる。
＊2 第1幕第1場のイシスの註でこの神の系譜、来歴等に言及したが、ヘリオポリス創世神話成立以前、すでにその原型が人々に農耕を教え、文化を伝える豊穣神としてナイルのデルタ地帯で広く社会の全階層で信仰された、古代エジプト神話中の最重要神の1柱。系譜は前出の註のとおりであるが、オシリスは父の後を継いで王位に就くと、その状況を興味深く語るすでに言及したプルタルコスの著作から数行引用するなら、「直ちに、エジプト人を無力で獣のような生活から解放しようとしたようです。つまり栽培して実りを得る道を示し、法を定め、神々を敬うことを教えたそうです。のちにエジプト全土をくまなく巡って平定しましたが、身に寸鉄を帯びず、言葉の力、そしてあらゆる種類の歌と音楽によって大勢の人々を惹きつけて従えました」(柳沼重剛氏訳)。こうしたオシリスに、武力や闘争で勢力を拡大したい弟のセトは反感を抱き、兄暗殺を決意、宴席に招いて計略を仕掛け、箱詰めにしてナイルへ流してしまう。献身的な妻イシスは愛してやまない夫を探すために旅立つ。そして艱難辛苦の末、その遺骸を見つけ出す。その間、およびその後のオシリスの蘇生までは、語れば長い、エジプトばかりか地中海世界にまたがる、奇想天外な、様々な物語がある。そこには、もちろん、イシスの魔術が大きく貢献する。蘇生したオシリスとイシスの間に息子ホルスが誕生、しかしオシリスは神々の裁きを受けることとなり、無実になるものの、死者の冥界へ帰る。そして冥界神となる。オシリスは、天地を創造する超常的な神としての存在よりも、人々の生活に密着した (次ページへ続く)

RAMFIS
ランフィス

(ad Amneris)
Vieni d'Iside al tempio: alla vigilia
Delle tue nozze invoca
Della Diva il favore. Iside legge
De'*1 mortali nel core; ogni mistero
Degli umani a lei*2 noto.

（アムネリスに）
イシスの神殿においでなされ、貴女の婚礼の
前夜なれば、祈願されよ、
女神の恩寵を。イシス様は読みたもう、
人たる者の心のうちを、あらゆる秘密は
人々のものなれば、女神の知られるところである。

AMNERIS
アムネリス

Sì; io pregherò che Radamès mi doni
Tutto il suo cor, come il mio cor a lui
Sacro è per sempre.*3

では、祈りましょう、ラダメスが私に与えてくれるよう、
あの方の心すべてを、私の心があの方に
永遠に捧げられているのと同じに。

RAMFIS
ランフィス

Andiamo.
Pregherai fino all'alba; io sarò teco.
*(Tutti entrano nel Tempio.*4)*
*(Aida entra cautamente*5.)*

まいろう。
夜明けまで祈りなさることだ、私が貴女にお供いたします。
（全員、神殿に入る）
（アイーダ、用心深く登場）

豊穣の神、死からの復活を果たしたことから人々の危機を身に受ける神、人々の死後と永遠の魂を支配する冥界の神として、さらに他の様々な神と習合しながら、絶大な信仰を得るようになり、ローマ支配の時期にはギリシアの冥界の神ハデス、酒と葡萄の神デュオニソスと同一視された。オシリスの図像は男性の人態、もしくは布をまとったミイラで、ミイラの場合は立ち姿、人態の場合は立・座両姿。胸の前で交差させた手の片方に鞭、片方に牧杖を持ち、頭には角と羽の付いた冠を被っている。

*1〈台〉Dei
*2〈台〉動詞の"è"がここに入る。〈譜〉のèのない場合は、ogni mistero degli uomini noto a lei 全体を上行の"legge＝読む"の目的語と考えることもできるが、ogni の前に；があり、文節の切り目になっているので、訳では目的語とせず、èがあるのと同じような日本語とした。
*3〈台〉は"..."
*4〈台〉では"Il Coro ripete il canto sacro.＝合唱が祈りの歌を繰り返す"と付け加えられている。〈譜〉はここに前出の合唱の2行"Soccorri a noi pietosa, / Madre d'immenso amor."を当てている。
*5〈台〉この後"coperta da un velo＝ヴェールに覆われて"とある。

Romanza ロマンツァ

AIDA
アイーダ

Qui Radamès verrà![*1]... Che vorrà dirmi?
Io tremo!... Ah! se tu vieni
A recarmi, o crudel, l'ultimo addio,
Del Nilo i cupi vortici
Mi daran tomba... e pace forse... e oblio.

ここへラダメスはおいでに！…私に何をおっしゃりたいのか？
私は不安だわ！…ああ！ もしあなたがおいでになるなら、
私にもたらすために、酷いお方よ、最後の別れを、
ナイル河の暗い渦が
私に墓場をくれましょう…そしてたぶん安らぎを…また忘却を。

Oh patria mia, mai più ti rivedrò![*2]

ああ､私の故国､もう二度とおまえを見ることはないでしょう！

O cieli azzurri, o dolci aure native,
Dove sereno il mio mattin brillò...
O verdi colli... o profumate rive...
O patria mia, mai più ti rivedrò!

青い空よ、生れ故郷の甘いそよ風よ、
あそこでは私の若い命が晴れやかに輝いたわ…
緑の丘よ…芳しい川辺よ…
私の故国よ､もう二度とおまえを見ることはないでしょう！

O fresche valli, o queto asil beato
Che un dì promesso dall'amor mi fu,[*3]
Or che d'amore il sogno è dileguato...
O patria mia, non ti vedrò mai più!

涼やかな谷よ、幸あふれる静かな安らぎの場よ、
かつては愛がそれを私に約束してくれたのに、
愛の夢の消え去ってしまった今…
わたしの故国よ､もう二度とおまえを見ることはないでしょう！

(volgendosi vede il padre)[*4*5]
Ciel![*6] mio padre!

（振り向くと、父親を目にする）
まさか！ 父上！

*1〈台〉は“...”のみ。
*2 詩形では本来4行目となる詩句で、そのため〈台〉ではこの位置にこの1行はない。作曲者はロマンツァの主題提示のような働きを望んで後出の1行を先取りしたのだろう。
*3〈台〉は“...”
*4〈台〉このト書きなし。
*5〈台〉ではここから Duetto＝二重唱と、楽曲名がある。
*6〈台〉Cielo!

AMONASRO
アモナズロ

A te grave cagion
M'adduce, Aida. Nulla sfugge al mio
Sguardo. D'amor ti struggi
Per Radamès... ei t'ama... qui lo attendi.
Dei Faraon la figlia è tua rivale...
Razza infame, abborrita e a noi fatale!

そなたのもとへ重大な理由が
わしをよこしたのだ、アイーダ。何事も見逃さぬ、わしの
目は。そなたは恋に悩みぬいておる、
ラダメスのため…あれもそなたを愛し…で、ここであれを待っておる。
だがファラオどもの娘がそなたの恋敵…
卑劣な、憎むべき、そして我らには宿敵の民族の！

AIDA
アイーダ

E in suo potere io sto![*1] Io, d'Amonasro
Figlia![*2]

そして私はその手のうちに！ 私が、アモナズロの
娘が！

AMONASRO
アモナズロ

In poter di lei!... No!... se lo brami
La possente rival tu vincerai,
E patria, e trono, e amor, tutto tu avrai.

あの女の手のうちに！…いいや！…そなたがそう望めば
そなたは強き恋敵に勝てようぞ、
祖国も、玉座も、恋も、すべてそなたは手に入れることになる。

Rivedrai le foreste imbalsamate,
Le fresche valli, i nostri templi[*2] d'or!...

再び目にすることになる、香り高い森を、
爽やかな谷を、我らの黄金の神殿を！…

AIDA
アイーダ

(con trasporto)
Rivedrò le foreste imbalsamate,
Le nostre valli... i nostri tempii d'or!

（激情に駆られて）
再び目にすることに、香り高い森を、
爽やかな谷を…私たちの黄金の神殿を！

＊1 〈台〉後に "..." あり。
＊2 tempio の複数の形として、アモナズロは "templi" だが、アイーダは "tempii"。ただしさらに先ではアモナズロも tempii と歌う。〈台〉では両人物とも "tempii" としている。

AMONASRO
アモナズロ

Sposa felice a lui che amasti tanto,
Tripudii immensi ivi potrai gioir...

あれほど愛した*1 男の幸せな花嫁となり
限りない喜びをかの地で享受できることになる…

AIDA
アイーダ

*(con espansione)**2
Un giorno solo di sì dolce incanto...
Un'ora di tal gioia,*3 e poi morir!

(溢れる感情のままに)
そんな甘い魅惑のただ一日…
そういう愉悦の一時、それから死ぬなら！

AMONASRO
アモナズロ

Pur rammenti che a noi l'Egizio immite,
Le case, i tempii e l'are profanò...
Trasse in ceppi le vergini rapite...
Madri... vecchi...*4 fanciulli ei trucidò.

だが思い起こせ、我らに無情なエジプト人は
家々、神殿、そして祭壇を汚した…
乙女たちを攫(さら)って奴隷の境界に投げ入れた…
母親を…老人を…子供を奴らは惨殺した。

AIDA
アイーダ

Ah! ben rammento quegl'*5infausti giorni!
Rammento i lutti che il mio cor soffrì!...*6
Deh! fate, o Numi, che per noi ritorni
L'alba invocata de'*7 sereni dì.

ああ！ よく覚えています、あの不幸をもたらした日々を！
思い出します、私の心が味わった悲嘆を！…
どうか！ なしたまえ、神々様、私たちに戻りますよう、
待ち望む晴れやかな日々の夜明けが。

*1 "あれほど愛した" と過去であるが、アモナズロは直前の台詞にあるようにアイーダが今なおラダメスを愛していることを承知しているわけで、"これほど愛する" と現在とするのが自然であろう。なぜ遠過去の "amasti" か？ 現在であると "ami" であり、すると amasti より1音節減り、11音節にすべきこの詩行の音節の数が合わなくなる。恐らくそのために遠過去としたのだろう。
*2〈台〉espansione でなく (con trasporto) として前出のものを繰り返している。
*3〈台〉コンマでなく、"..."
*4〈台〉"..." でなく、接続詞の "e＝そして"
*5〈台〉quegli
*6〈台〉は "!" なし。
*7〈台〉dei

AMONASRO
アモナズロ

Non fia che tardi. In armi ora si desta
Il popol nostro; tutto è pronto*1 già...
Vittoria avrem... Solo a saper mi resta
Qual sentier*2 il nemico seguirà...

それに時を要することはなかろう。武器を取り今や甦る、
我らが民は、すでにすべて準備整っている…
我らは勝利するだろう…ただわしには知れずにいる、
敵がどの道筋を進むか…

AIDA
アイーダ

Chi scoprirlo potria? chi mai?

誰がそれを明らかにできると？ 一体、誰なら？

AMONASRO
アモナズロ

Tu stessa!

ほかならぬそなた！

AIDA
アイーダ

Io?...*3

私？…

AMONASRO
アモナズロ

Radamès so che qui attendi... Ei t'ama...
*(con intenzione)**4
Ei conduce gli Egizi... Intendi?...

ここでラダメスを待つとわしは知っておる…あれはそなたに気がある…
（意味ありげに）
あれはエジプト軍を指揮する…分るな？…

AIDA
アイーダ

Orrore!
Che mi consigli tu? No! no! giammai!

恐ろしい！
父上は私に何をさせようと？ いえ！ いいえ！ 断じて！

AMONASRO
アモナズロ

(con impeto selvaggio)
Su, dunque! sorgete
Egizie coorti!
Col fuoco struggete
Le nostre città...

（猛烈な勢いで）
ならば、さあ！ 立ち上がれ、
エジプトの大軍よ！
火を以って破壊せよ、
我らの町すべてを…

＊1〈台〉はèの位置がここ。意味に違いはない。
＊2〈台〉sentiero
＊3〈台〉は“！...”
＊4〈台〉このト書きなし。

Spargete il terrore,
Le stragi, le morti...
Al vostro furore
Più freno non v'ha.

ふりまけ、恐怖を、
大虐殺を、死を…
おまえたちの猛威には
もう留めるものはない。

AIDA
アイーダ

Ah! padre![1]

ああ！ 父上！

AMONASRO
アモナズロ

(respingendola)
Mia figlia
Ti chiami!...

（彼女をはねつけながら）
わしの娘と
いうのか！…

AIDA
アイーダ

(atterrita e supplichevole)
Pietà!

（怯え、そして哀願するように）
もうどうか！

AMONASRO
アモナズロ

Flutti di sangue scorrono
Sulle città dei vinti...
Vedi?[2] dai negri vortici
Si levano gli estinti...
Ti additan essi e gridano:
Per te la patria muor!

血潮の波が流れる、
敗者の町々を…
見えるか？ どす黒い渦から
死者が立ち上がるのが…
その者たちはそなたを指さして叫んでいる、
おまえのために祖国は亡びると！

AIDA
アイーダ

Pietà![3] Ah! Padre!

もうたくさん！ ああ！ 父上！

*1〈台〉Ah の後に！なく、最後に“...”あり。
*2〈台〉後に“...”あり。
*3〈台〉後に“...”あり。続く“Ah! Padre!”なし。

AMONASRO
アモナズロ

Una larva orribile
Fra l'ombre a noi s'affaccia...
Trema! le scarne braccia
Sul capo tuo levò...
Tua madre ell'è... ravvisala...
Ti maledice...

惨めな亡霊が
闇の中で亡者たちの中から我われの前に現れる…
おののけ！ 痩せほそった腕を
そなたの頭上にあげた…
あれはそなたの母だ…母と知れ…
そなたを呪っているぞ…

AIDA
アイーダ

(nel massimo terrore)
No!... Ah! no!*1
Padre, pietà!

（極度の恐怖に捕らわれて）
やめて！…ああ！ やめて！
父上、後生ですから！

AMONASRO
アモナズロ

(respingendola)
Non sei mia figlia...
Dei Faraoni tu sei la schiava!*2

（彼女をはねつけて）
わしの娘ではない…
そなたはファラオどもの奴隷だ！

AIDA
アイーダ

*(con un grido)**3
Ah! Pietà!

（叫び声で）
ああ！ 後生ですから！

*1 この行と次行に相当する〈台〉は "Ah! no! / Padre..."
*2 〈台〉は " . "
*3 〈台〉このト書きと次行の詩句なし。

(trascinandosi a stento a' piedi del padre)[*1]
Padre!...[*2] a costoro...[*3] schiava...[*3] non sono...[*3]
Non maledirmi... non imprecarmi...
Ancor tua figlia potrai chiamarmi...
Della mia patria degna sarò.

（父親の足許にやっとにじり寄りながら）
父上！…あのような者らの…奴隷では…ありません…
私をお叱りにならないで…私を呪わないで…
再び娘とお呼びくださされることになりますわ…
私は祖国にふさわしくなりましょう。

AMONASRO アモナズロ
Pensa che un popolo, vinto, straziato
Per te soltanto risorger può...

考えるのだ、打ち破られ、虐げられた民は
そなたによってのみ甦ることができる…

AIDA アイーダ
O patria! o patria![*4]... quanto mi costi!

祖国よ！ 祖国よ！…何と私に犠牲を求めること！

AMONASRO アモナズロ
Coraggio! ei giunge... là tutto udrò...
(Si nasconde fra i palmizii.)

勇気を！ あれがやって来る…向うですべて聞くことにする…
（棕櫚のあいだに身を隠す）

Duetto 二重唱

RADAMÈS ラダメス
Pur ti riveggo, mia dolce Aida...

あなたにまた会えた、僕の優しいアイーダ…

AIDA アイーダ
T'arresta[*5], vanne... che speri ancor?

足をお止めに、お帰りください…まだ何かご用が？

RADAMÈS ラダメス
A te dappresso l'amor mi guida.

あなたのそばへ愛が僕を導くのです。

AIDA アイーダ
Te i riti attendono d'un altro amor.
D'Amneris sposo...

あなたを別の愛のための儀式が待っていますわ。
アムネリスの花婿様…

*1〈台〉このト書きなし。
*2〈台〉は“,”
*3〈台〉この行の3箇所の“...”なし。
*4〈台〉“...”のみ。
*5〈台〉Ti arresta

RADAMÈS
ラダメス

Che parli mai?...
Te sola, Aida, te deggio amar.
Gli Dei m'ascoltano,*1 tu mia sarai...

一体、何をいうのだ？…
あなただけを、アイーダ、あなたを愛さずにいられない。
神々は僕の願いを聞き入れたまい、あなたは僕のものになろう…

AIDA
アイーダ

D'uno spergiuro non ti macchiar!
Prode t'amai, non t'amerei spergiuro.

嘘の誓いでお身を汚しなさいますな！
勇者のあなたを愛したのです、嘘を誓うあなたなら愛しません。

RADAMÈS
ラダメス

Dell'amor mio dubiti, Aida?

僕の愛を疑うのか、アイーダ？

AIDA
アイーダ

E come
Speri sottrarti d'Amneris ai vezzi,
Del Re al voler, del tuo popolo ai voti,
Dei Sacerdoti all'ira?

ではいかにすれば
逃れられるとお思いです、アムネリスの求愛から、
王のご意志から、あなたのお国の民の願いから、
神官がたの怒りから？

RADAMÈS
ラダメス

Odimi, Aida.

聞くのだ、アイーダ。

Nel fiero anelito di nuova guerra
Il suol*2 Etiope si ridestò...
I tuoi già invadono la nostra terra,
Io degli Egizii duce sarò.

新たな戦いへの大胆なる熱望に燃え
エチオピアの大地はまたも目覚めた…
あなたの軍はすでに我われの土地へ攻め込み
僕はエジプト軍の指揮官となろう。

*1 〈台〉は "..."
*2 〈台〉suolo

Fra il suon, fra i plausi della vittoria,
Al Re mi prostro, gli svelo il cor...
Sarai tu il serto della mia gloria,
Vivrem beati d'eterno amore*1.

勝利の楽の音の中、歓呼の中
僕は王に平伏し、かの方に本心を明かす…
あなたは僕の栄光の冠となり
僕たちは永遠の愛を至福のうちに生きることになる。

AIDA
アイーダ

Nè d'Amneris paventi
Il vindice furor? La sua vendetta,
Come folgor tremenda
Cadrà su me, sul padre mio, su tutti.

恐れぬのですか、アムネリスの
復讐の猛威を？ あの方の復讐は
凄まじい雷光のごとくに
私の上に、私の父の上に、皆の上に落ちましょう。

RADAMÈS
ラダメス

Io vi difendo.

この僕があなた方を守る。

AIDA
アイーダ

Invan! tu nol potresti...
Pur... se tu m'ami... ancor s'apre una via
Di scampo a noi...

無理ですわ！ あなたでもできますまい…
でも…あなたが私を愛しておられれば…まだ開けます、
わたしたちへの救いの道が…

RADAMÈS
ラダメス

Quale?

どのような？

AIDA
アイーダ

Fuggir...

逃げるという…

RADAMÈS
ラダメス

Fuggire!

逃げる！

*1 繰り返しのパートでは amor_ となる。

AIDA
アイーダ

(colla più viva espansione)
Fuggiam gli ardori inospiti
Di queste lande ignude;
Una novella patria
Al nostro amor si schiude...

(この上なく生々しい愛情吐露を込めて)
逃げましょう、住みにくい酷暑から、
この不毛の荒野の、
新しい祖国が
私たちの愛には開けますわ…

Là... tra foreste vergini,
Di fiori profumate,
In estasi beate
La terra scorderem.

そこで…処女林に囲まれ
花々の香りも高く
至福の悦びのうちに
この世を忘れましょう。

RADAMÈS
ラダメス

Sovra una terra estrania
Teco fuggir dovrei!
Abbandonar la patria,
L'are de' nostri Dei!

見知らぬ地へと
あなたとまさか逃げるのが良いと!
捨てるのが良いと、祖国を、
我々の神々の祭壇を!

Il suol dov'io raccolsi
Di gloria i primi allori
Il ciel de'*1 nostri amori
Come scordar potrem?

これまでの栄光の月桂冠を*2
僕が獲得したこの土地を、
僕たちの愛の空を
どうして僕たちに忘れることができよう?

*1 〈台〉dei
*2 この行の原文は次行の "Di gloria i primi allori"、次行の原文はこの行の "Il suol dov'io raccolsi" と、入れ替わっている。

AIDA
アイーダ

Sotto il mio ciel, più libero
L'amor ne fia concesso;
Ivi nel tempio istesso
Gli stessi Numi avrem.

私の国の空の下なら、もっと自由に
私たちに愛が許されることになりましょう、
そこではこちらと同じ神殿に
同じ神々をいただくことになるのです。

Fuggiam, fuggiam...*1

逃げましょう、逃げましょう…

RADAMÈS
ラダメス

(esitante)
Aida!

(躊躇して)
アイーダ！

AIDA
アイーダ

Tu non m'ami... Va!

あなたは私を愛しておられない…行ってください！

RADAMÈS
ラダメス

Non t'amo!
*(con energia)**2
Mortal giammai nè Dio
Arse d'amor*3 al par del mio possente.

あなたを愛してない？
(力を込めて)
人はけして、神もまたなかった、
僕のと同じほど強い愛に燃えたことは。

AIDA
アイーダ

Va... va... t'attende*4 all'ara
Amneris...

行って…行ってください…祭壇であなたをお待ちです、
アムネリスが…

RADAMÈS
ラダメス

No!... giammai!...

いいや！…けして！…

*1 〈台〉は、この詩句が前出のものであるので入れていない。詩形としては不要であるが、対訳ではドラマの展開上から記しておいた方が明快と考え、〈譜〉に沿ってこの1行を入れた。
*2 〈台〉このト書きなし。
*3 〈台〉amore
*4 〈台〉ti attende

AIDA
アイーダ

Giammai, dicesti?
Allor piombi la scure
Su me, sul padre mio...

けして、とおっしゃいまして？
でしたら斧が振り下ろされるといいわ、
私の上に、私の父の上に…

RADAMÈS
ラダメス

Ah no! fuggiamo!

ああ、いけない！ 逃げよう！

(con appassionata risoluzione)
Sì: fuggiam da queste mura,
Al deserto insiem fuggiamo;
Qui sol regna la sventura,
Là si schiude un ciel d'amor.

（熱烈な決意を込めて）
そうだ、ここの城壁を逃れるのだ、
砂漠へ一緒に逃げよう、
ここは不幸だけが支配している、
あそこなら愛の大空が開ける。

I deserti interminati
A noi talamo saranno,
Su noi gli astri brilleranno
Di più limpido fulgor*1.

果てしない砂漠が
僕たちには新床となろう、
僕たちの上には星が輝こう、
今よりさらに澄んだきらめきで。

AIDA
アイーダ

Nella terra avventurata
De' miei padri il ciel ne attende;
Ivi l'aura è imbalsamata,
Ivi il suolo è aromi e fior.

私の祖先の幸多き地で
大空が私たちを待っています、
そこではそよ風芳しく
そこでは大地は香草と花ですわ。

*1〈台〉は“D'un insolito fulgor＝常ならぬきらめきで”。アイーダにもこの同じ詩句があるが、やはりアイーダも〈譜〉は Di più limpido fulgor、〈台〉は D'un insolito fulgor。

Fresche valli e verdi prati
A noi talamo saranno,
Su noi gli astri brilleranno
Di più limpido fulgor.

爽やかな谷と緑の草原が
私たちの新床となりましょう、
私たちの上には星が輝くでしょう、
今よりもっと澄んだきらめきで。

AIDA, RADAMÈS
アイーダ、ラダメス

Vieni meco, insiem fuggiamo
Questa terra di dolor.
Vieni meco, t'amo, t'amo*1!
A noi duce fia l'amor.
*(S'allontanano rapidamente - ad un tratto Aida s'arresta*2.)*

わたしと来てほしい、一緒に逃れよう、
この苦しみの地を。
わたしと来てほしい、あなたを愛している、愛しています！
我われには愛が導き手でしょう。
(二人、急いで遠ざかっていく ― 不意にアイーダが立ち止まる)

AIDA
アイーダ

Ma, dimmi: per qual via
Eviterem le schiere
Degli armati?

けど、おっしゃって、どの道を通って
避けることにしますの、軍勢を、
武装兵の？

RADAMÈS
ラダメス

Il sentier scelto dai nostri
A piombar sul nemico fia deserto
Fino a domani...

我われの軍によって敵襲撃のため
選択された進路は無人だろう、
明日までは…

AIDA
アイーダ

E qual sentier?...

で、その進路は？…

*1 〈台〉"io t'amo, io t'amo!" と主語の io を入れている。
*2 〈台〉"arrestandosi all'improvviso＝突然、立ち止まりながら" としている。

RADAMÈS
ラダメス

Le gole
Di Nāpata...

隘路、
ナパタの…

*1

AMONASRO
アモナズロ

Di Nāpata le gole!
Ivi saranno i miei...

ナパタの隘路！
そこに我が軍は配されていよう…

RADAMÈS
ラダメス

Oh! chi ci ascolta?...

おお！ 誰が我われの話を聞いている？…

AMONASRO
アモナズロ

D'Aida il padre e degli Etiopi il Re.

アイーダの父親にしてエチオピア人の王。

RADAMÈS
ラダメス

*(nella massima agitazione e sorpresa)**2
Tu!...*3 Amonasro!... tu!...*3 il Re? Numi! che dissi?
*(con agitazione)**2
No... non è ver!... sogno... delirio è questo...

(極度に動揺し、そして驚いて)
貴様!…アモナズロ!…貴様は!…王? 神々よ! 何をいってしまった?
(動揺して)
いや… 真(まこと)ではない！…夢だ…精神錯乱だ、これは…

AIDA
アイーダ

Ah, no! ti calma,*4 ascoltami,
All'amor mio t'affida.

ああ、違います！ 落ち着いて、お聞きください、
私の愛を信じてください。

AMONASRO
アモナズロ

A te l'amor d'Aida
Un soglio innalzerà!*5

そなたにアイーダの愛は
玉座を捧げることになろうぞ！

*1 〈台〉ここに"SCENA－FINALE TERZO＝シェーナ－第3幕フィナーレ"と楽曲名あり。
*2 〈台〉〈譜〉の2つのト書きに対して（agitatissimo＝非常に動揺して）と同じ1つのト書きを2箇所に付している。
*3 〈台〉この行の"..."2箇所なし。
*4 〈台〉は"..."
*5 〈台〉は"."

RADAMÈS
ラダメス

Io son disonorato![*1]
Per te tradii la patria!

わたしは名誉を失った！
あなたのために[*2]祖国を裏切ったのだ！

AMONASRO
アモナズロ

No: tu non sei colpevole:
Era voler del fato...

いいや、そなたに罪はない、
運命の意であったのだ…

Vieni: oltre il Nil ne attendono
I prodi a noi devoti,
Là del tuo cor[*3] i voti
Coronerà l'amor.

来なさい、ナイルの向こうでは我らを待っている、
我らに忠実な勇士どもが、
そこでそなたの心の大願をば
愛が成就してくれよう。

(trascinando Radamès)[*4]
Vieni, vieni, vieni.

（ラダメスを無理に連れていこうとしながら）
来なさい、来なさい、来なさい。

AMNERIS
アムネリス

(dal tempio)
Traditor!

（神殿から）
裏切り者！

AIDA
アイーダ

La mia rival[*5]!...

私の恋敵！…

AMONASRO
アモナズロ

L'opra mia a strugger vieni!
(avventandosi ad Amneris con un pugnale)
Muori!...

わしの企てを破りに来るとは！
（短剣を持ってアムネリスに襲いかかりながら）
死ね！…

＊1〈台〉は“...”
＊2 この“あなた”はアイーダとアモナズロのどちらを指すか？　どちらとも考えられるだろう。アイーダであれば、ラダメスは悲嘆の気持ちからこの言葉を発しているだろう。アモナズロであれば、非難の気持ちであろう。
＊3〈台〉core。〈譜〉も繰り返しのパートでは core としている。
＊4〈台〉このト書きと次行なし。詩形から見れば“vieni”という言葉はすでに発せられており、またこの1行が入ることで詩形が変則になるので〈台〉としては不要であろうが、対訳では切迫するドラマが展開する場面として〈譜〉の台詞運びに従ってこれを入れた。
＊5〈台〉rivale

RADAMÈS *(frapponendosi)*
ラダメス Arresta, insano!...

（あいだに割って入って）
やめろ、分別のない！…

AMONASRO Oh rabbia!
アモナズロ ええい、忌々しい！

RAMFIS Guardie, olà!
ランフィス 衛兵、それ！

RADAMÈS *(ad Aida e Amonasro)*
ラダメス Presto!... fuggite!...

（アイーダとアモナズロに）
早く！…逃げなさい！…

AMONASRO *(trascinando Aida)*
アモナズロ Vieni, o figlia!

（アイーダを無理に連れていこうとしながら）
来るんだ、娘よ！

RAMFIS *(alle Guardie)*
ランフィス L'inseguite*1!

（衛兵に）
あれらを追え！

RADAMÈS *(a Ramfis)*
ラダメス Sacerdote, io resto a te.

（ランフィスに）
祭司殿、私は御前に留まります。

＊1 〈台〉 Li inseguite

第4幕

ATTO QUARTO

ATTO QUARTO 第4幕

SCENA PRIMA 第1場

Sala nel palazzo del Re.
Alla sinistra una gran porta che mette alla sala sotterranea delle sentenze. Andito a destra che conduce alla prigione di Radamès.

王宮内の広間。
左手に地下の法廷へ通じる大きな扉。右手にラダメスの牢獄へと続く連絡通路。

Scena e Duetto シェーナと二重唱

(Amneris mestamente atteggiata davanti la porta del sotterraneo)[*1]

（地下室の扉の前で悲しみに沈んだ様子のアムネリス）

AMNERIS
アムネリス

L'aborrita rivale a me sfuggia...
Dai Sacerdoti Radamès attende
Dei traditor la pena...[*2] Traditor[*3]
Egli non è... Pur rivelò di guerra
L'alto segreto... egli fuggir volea...
Con lei fuggire... Traditori tutti!

憎い恋敵は私の手から逃れたまま…
ラダメスは待っている、神官たちによる
売国奴の処罰を…売国奴では
ない、あの者は…だが漏らした、戦いの
重大機密を…あの者は逃げようとした…
あの女と逃げようと…どちらも裏切り者！

A morte! a morte!...[*4] Oh! che mai parlo?

死刑に！ 死刑に！…まあ！ 一体、何をいうの？

*1 このト書きは、〈譜〉では幕開きのオーケストラの序奏が始まってすぐの譜面上にあるが、〈台〉ではアムネリスへのト書きとしてアムネリスの台詞に付されている。
*2 〈台〉は“.”
*3 〈台〉Traditore
*4 〈台〉A morte! A morte!... と独立した2つのセンテンス。

Io l'amo sempre...*1 Disperato, insano
È quest'*2amor che la mia vita strugge.
Oh! s'ei potesse amarmi!...
Vorrei salvarlo... E come?

私はなおも彼を愛している…望みなく、無分別だ、
私の一生を破滅させるこの愛は。
ああ！ でももし彼が私を愛してもいいというなら！…
彼を救いたい…で、どうすれば？

*(risoluta)**3
Si tenti!*4 Guardie: Radamès qui venga.
(Radamès è condotto dalle guardie.)

（決然と）
やってみるまで！ 衛兵、ラダメスをここへ。
（ラダメス、衛兵たちに導かれてくる）

Già i sacerdoti adunansi
Arbitri del tuo fato;
Pur dell'accusa*5 orribile
Scolparti ancor t'è dato*6;

すでに神官たちは集まっています、
そなたの運命の裁決者なる彼らは、
ですが恐ろしい告発につき
まだそなたには弁明することが許されています、

Ti scolpa, e la tua grazia
Io pregherò dal trono,
E nunzia di perdono,
Di vita, a te sarò.

弁明なさい、そしたらそなたの恩赦を
私が王座に願うことにいたします、
それにより私は伝達者となるでしょう、赦免の、
助命の、そなたにとって。

＊1 〈台〉では "Io l'amo... Io l'amo sempre..." と独立したセンテンスを2度、重ねている。
＊2 〈台〉questo
＊3 〈台〉この卜書きなし。
＊4 〈台〉は " ... "
＊5 〈台〉della accusa
＊6 〈台〉ti è dato

RADAMÈS
ラダメス

Di mie discolpe i giudici
Mai non udran l'accento;
Dinanzi ai Numi,*1 agl'*2uomini
Nè vil, nè reo mi sento.

私の弁明につき裁き手は
けしてその言葉を聞き入れますまい、
神々の、人々の前に出でて
卑怯とも不正とも私は感じておりません。

Profferse il labbro incauto
Fatal segreto, è vero,
Ma puro il mio pensiero
E l'onor mio restò.

軽率な唇が洩らしました、
取り返しつかぬ重大秘密を、それは事実、
しかし汚れなく私の思いと
私の名誉は留まりました。

AMNERIS
アムネリス

Salvati dunque e scolpati.

なれば身を守り、弁明なさい。

RADAMÈS
ラダメス

No.

いいえ。

AMNERIS
アムネリス

Tu morrai...

そなた、死ぬことに…

RADAMÈS
ラダメス

La vita
Abborro; d'ogni gaudio
La fonte inaridita,
Svanita ogni speranza,
Sol bramo di morir...*3

生を
私は憎んでいます、あらゆる歓喜の
泉が枯れ果て
あらゆる希望が消え
ただ死ぬことを熱望しております…

*1〈台〉コンマでなく、接続詞の "e=そして"
*2〈台〉agli
*3〈台〉は "."

AMNERIS
アムネリス

Morire!... Ah![1] tu dei vivere!...
Sì, all'amor mio vivrai;
Per te le angosce orribili
Di morte io già provai;

死ぬ！…ああ！ そなたは生きねば！…
そうです、私の愛のために生きるのです、
そなたのため恐ろしい死ぬほどの[2]
苦悩をすでに私は味わいました、

T'amai... soffersi tanto...
Vegliai le notti in pianto...
E patria, e trono, e vita
Tutto darei per te.

そなたを愛し…とても苦しみ…
夜々、泣き明かしました…
祖国も王座も命も
すべてそなたのためなら差し出しましょう。

RADAMÈS
ラダメス

Per essa anch'io la patria
E l'onor mio tradia[3]...

私もかの女（おんな）のために祖国と
自分の名誉を裏切ろうと…

AMNERIS
アムネリス

Di lei non più!...

あの女のことはもう結構！…

RADAMÈS
ラダメス

L'infamia
M'attende[4] e vuoi ch'[5]io viva?[6]

汚名が
私を待ち受けますのに、私が生きるのをお望みに？

＊1〈台〉前のセンテンスに続けて、小文字で“ah!...”
＊2 語順が、この行の“死ぬほどの”の原文は次行（di morte)、次行の“苦悩”の原文はこの行（le angosce)。
＊3〈台〉での直説法半過去の形は tradiva。
＊4〈台〉Mi attende
＊5〈台〉che
＊6〈台〉後に“...”あり。

Misero appien mi festi,
Aida a me togliesti,
Spenta l'hai forse... e in dono
Offri la vita a me?...*1

貴女様は私を十分悲惨なものになさり
アイーダを私から奪われました、
恐らく彼女を殺(あや)めなされている…あげく賜り物として
命を私にお与えくださろうと？…

AMNERIS
アムネリス

Io... di sua morte origine!
No!... Vive Aida...

私が…あれの死のもたらし手！
いいえ！…アイーダは生きています…

RADAMÈS
ラダメス

Vive!

生きている！

AMNERIS
アムネリス

Nei disperati aneliti
Dell'orde fuggitive
Sol cadde il padre...

逃げ去る敗残兵の群れが*2
絶望的にあがく中
父親だけが倒れ…

RADAMÈS
ラダメス

Ed ella?...

では彼女は？…

AMNERIS
アムネリス

Sparve, nè più novella
S'ebbe...

姿を消し、もはや消息は
得られませんでした…

RADAMÈS
ラダメス

Gli Dei l'adducano
Salva alle patrie mura,
E ignori la sventura
Di chi per lei morrà!

神々が彼女を導きたもうことを、
無事に祖国の城壁まで、
そして彼女が不運を知らずにいるよう、
彼女のために死んでゆく者の！

*1 〈台〉は“...”なし。
*2 この行と次行は原文と日本語が対応せず、“逃げ去る敗残兵の群れが”の原文“Nei disperati aneliti”は次行、“絶望的にあがく中”の原文“Dell'orde fuggitive”がこの行と、入れ替わっている。

AMNERIS **アムネリス**

Ma, s'io ti salvo, giurami
Che più non la vedrai![*1]

それより、私がそなたを救うゆえ、お誓いなさい、
もうあの女に会わぬことにすると！

RADAMÈS **ラダメス**

Nol posso![*2]

できませぬ！

AMNERIS **アムネリス**

A lei rinunzia
Per sempre... e tu vivrai![*3]

あの女をお諦めなさい、
永久に…それでそなたは生きられます！

RADAMÈS **ラダメス**

Nol posso!

できませぬ！

AMNERIS **アムネリス**

Anco una volta:
A lei rinunzia...

もう一度、
あの女をお諦めなさい…

RADAMÈS **ラダメス**

È vano···

無駄です…

AMNERIS **アムネリス**

Morir vuoi dunque, insano?

それでは死にたいと、無分別な？

RADAMÈS **ラダメス**

Pronto a morir son già.

すでに死ぬ覚悟でおります。

＊1〈台〉は“...”
＊2〈台〉後に“...”あり。
＊3〈台〉後に“...”あり。

AMNERIS
アムネリス

Chi ti salva, *1sciagurato,
Dalla sorte che t'aspetta*2?
In furore hai tu cangiato
Un amor ch'*3egual*4 non ha.
De' miei pianti la vendetta
Or dal ciel si compirà.

誰がそなたを救うのです、罰当たりめが、
そなたを待ち受ける運命から？
激怒へとそなたは変えたのですよ、
他に類(たぐい)ない愛を。
私の涙の復讐は
すぐにも天によってなされることでしょう。

RADAMÈS
ラダメス

È la morte un ben supremo
Se per lei morir m'è dato,
Nel subir l'estremo fato
Gaudii immensi il cor avrà;
L'ira umana io più non temo,
Temo sol la tua pietà.
(Radamès parte circondato dalle guardie.)
*(Amneris cade desolata su un sedile.)**5

死は最高の幸福です、
彼女ゆえ死ぬことが私にもたらされるのなら、
最後の運命を受け入れるとき
この心は無限の歓喜を得るでしょう、
人間の怒りは私はもはや恐れません、
ただ貴女様の情けのみ恐れております。
(ラダメス、衛兵に囲まれて退場)
(アムネリス、悲嘆にくれて椅子の上に倒れる)

Scena del giudizio 裁判の場

AMNERIS
アムネリス

(sola, nella massima desolazione)
Ohimè!... morir mi sento... Oh! chi lo salva?

(一人、極度の悲嘆にくれて)
ああもう！…死ぬ思いがする…ああ！ 誰が彼を救うというのか？

*1〈台〉呼び掛けの感嘆詞 "o" が入る。
*2〈台〉ti aspetta
*3〈台〉che
*4〈台〉意味は変わらないが "ugual"
*5〈台〉ではこのト書きを次のアムネリスの台詞に付け、そのために〈譜〉にある (sola, nella〜) のト書きはない。

*(soffocata dal pianto)**1
E in poter di costoro
Io stessa lo gettai!... Ora, a te impreco,
Atroce gelosia, che la sua morte
E il lutto eterno del mio cor segnasti!
*(I Sacerdoti attraversano la scena ed entrano nel sotterraneo.)**2

(嗚咽に喉をつまらせて)
でも、あの者らの手のうちに
私自身で彼を投げ入れたのだ！…今となっておまえを呪う、
残忍な嫉妬よ、おまえが彼の死と
私の心の永遠なる哀切をもたらしたのだ！
(神官たちが舞台を横切り、地下法廷へ入る)

*(vedendo i Sacerdoti)**2
Ecco i fatali,
Gl'*3inesorati ministri di morte!*4...
Oh! ch'io non vegga quelle bianche larve!
(Si copre il volto colle mani.)

(神官たちを目にして)
あれぞ忌わしき者たち、
死の仮借なき使者たち！…
ああ！ あの白い亡霊どもを見なくてすむよう！
(両手で顔を覆う)

***5RAMFIS, SACERDOTI**
ランフィス、神官たち

(nel sotterraneo)
Spirto del Nume, sovra noi discendi!
Ne avviva al raggio dell'eterna luce;
Pel labbro nostro tua giustizia apprendi.

(地下法廷で)
神の御霊(みたま)よ、我らが上に降りたまえ！
我らを久遠の光の輝きにより活気づけたまえ、
我らの唇を通し御身の裁きを知らしめたまえ。

*1〈台〉このト書きなし。
*2〈台〉は、〈譜〉で2つのト書きが次のように1つである。(si volge e vede i Sacerdoti che attraversano la scena per entrare nel sotterraneo. =振り向き、地下法廷へ入るために舞台を横切る神官たちを目にする)
*3〈台〉Gli
*4〈台〉は"!"なし。
*5〈台〉は神官たちのみで、ランフィスがここで和する指示はない。神官とは当然ランフィスも含まれるだろうが、〈譜〉ではランフィスの声部があるので対訳では両者を記した。

AMNERIS
アムネリス

Numi, pietà del mio straziato core...
Egli è innocente, lo salvate, o Numi!
Disperato, tremendo è il mio dolore!
(Radamès fra le guardie attraversa la scena ed entra[*1] *nel sotterraneo.)*
(Vede Radamès e grida.)[*2]

神々よ、私の引き裂かれた心にお憐れみを…
彼は無辜、あの者を救いたまえ、神々よ！
凄まじく、並外れております、私の苦悩は！
（ラダメス、衛兵に囲まれて舞台を横切り、地下法廷へ入っていく）
（ラダメスを目にし、叫ぶ）

RAMFIS
ランフィス

(nel sotterraneo)
Radamès! Tu rivelasti
Della patria i segreti allo straniero.
Discolpati![*3]

（地下法廷で）
ラダメス！ 汝は漏らした、
祖国の機密を夷狄に。
弁明せよ！

SACERDOTI
神官たち

Discolpati!

弁明せよ！

RAMFIS
ランフィス

Egli tace...

かの者は黙している…

RAMFIS, SACERDOTI
ランフィス、神官たち

Traditor![*4]

裏切り者！

RAMFIS
ランフィス

Radamès! Tu disertasti
Dal campo il dì che precedea la pugna.
Discolpati!

ラダメス！ 汝は逃亡した、
戦場から合戦に先立つ日に。
弁明せよ！

SACERDOTI
神官たち

Discolpati!

弁明せよ！

＊1 〈台〉は“e scende＝そして下りる”
＊2 〈台〉は“Amneris, al vederlo, mette un grido.＝アムネリス、彼を目にすると、叫び声を上げる”
＊3 〈台〉ランフィス 1 人が先にこの言葉を発する設定なく、すぐに神官たちの“Discolpati!”となる。
＊4 歌唱としては、前出の詩句であるのでテキストに組み込まなかったが、この後と 2 回目、3 回目の Traditor の後にアムネリスの“Ah! pieta!... egli è innocente, Numi pietà!”（1 回目）、“Ah! pietà!... lo salvate, Numi pietà!”（2 、3 回目）がある。

RAMFIS
ランフィス

Egli tace.*1

かの者は黙している。

RAMFIS, SACERDOTI
ランフィス、神官たち

Traditor!

裏切り者！

RAMFIS
ランフィス

Radamès! Tua fè violasti,
Alla patria spergiuro, al Re, all'onor.
Discolpati!

ラダメス！ 汝は忠節を破った、
誓いに背き、祖国への、王への、名誉への。
弁明せよ！

SACERDOTI
神官たち

Discolpati!

弁明せよ！

RAMFIS
ランフィス

Egli tace.

かの者は黙している。

RAMFIS, SACERDOTI
ランフィス、神官たち

Traditor!

裏切り者！

Radamès: è deciso il tuo fato;
Degli infami la morte tu avrai;
Sotto l'ara del Nume sdegnato
A te vivo fia schiuso l'avel.

ラダメス、汝の運命は決まった、
汝は破廉恥漢としての死を得ることになる、
怒れる神の祭壇のもとで
汝に対し生けるまま墓所が閉じられよう。

AMNERIS
アムネリス

A lui vivo... la tomba... oh! gl'*2infami!
Nè di sangue son paghi giammai...
E si chiaman ministri del ciel!
*(I Sacerdoti escono dal sotterraneo.)**3

生きたままで彼に…墓が…おお！ 卑劣な者たち！
けっしてあの者らは血に満足することがない…
それでいて自らを天の司と称する！
(神官たち、地下法廷から出てくる)

*1 〈台〉は"..."
*2 〈台〉gli
*3 〈台〉は、〈譜〉ではこのト書きと次ページ冒頭のト書きが次のように1つである (investendo i Sacerdoti che escono dal sotterraneo＝地下法廷から出てくる神官たちに詰め寄りながら)。〈譜〉では神官たちが出てくるのと、アムネリスが詰め寄って言葉を発するのとの間に音楽的時間があり、そのため1つのト書きにはならない。

(investendo i Sacerdoti)
Sacerdoti: compiste un delitto!*1
Tigri infami di sangue assetate...
Voi la terra ed i Numi oltraggiate...
Voi punite chi colpa non ha.

(神官たちに詰め寄りながら)
神官たち、貴方がたは罪を犯しました！
血に飢えた卑劣な虎ども…
貴方がたはこの世と神々を汚しています…
貴方がたは罪なき者を罰するのです。

***2RAMFIS, SACERDOTI**
ランフィス、神官たち

È traditor! morrà!

あれは裏切り者！ 死ぬことに！

AMNERIS
アムネリス

(a Ramfis)
Sacerdote: quest'uomo che uccidi,
Tu lo sai... da me un giorno fu amato...
L'anatèma d'un core straziato
Col suo sangue su te ricadrà!

(ランフィスに)
神官、貴方が殺すまさにその男は
貴方はご存知だが…かつて私に愛されたのです…
引き裂かれた心の呪詛は
彼の血潮とともに貴方の上に降りかかりましょう！

RAMFIS, SACERDOTI
ランフィス、神官たち

È traditor! morrà!*3

裏切り者である！ 死ぬことになる！

AMNERIS
アムネリス

Ah no, non è traditor... pietà! pietà!*4
*(Ramfis ed i Sacerdoti s'allontanano*5.)*

ああ、違う、裏切り者ではない…慈悲を！ 後生です！
(ランフィスと神官たち遠ざかる)

RAMFIS, SACERDOTI
ランフィス、神官たち

Traditor! traditor! traditor!

裏切り者！ 裏切り者！ 裏切り者！

*1〈台〉は"..."
*2〈台〉は神官たちのみで、ランフィスが加わる指示をしていない。神官にもちろんランフィスも含まれるだろうが、対訳では〈譜〉にランフィスの声部があるので両者を記した。
*3 アムネリスは神官たちのこの歌唱の間に、前出の台詞であるのでテキストに記さなかったが、"Voi la terra ed i Numi oltreggiate / Voi punite chi colpa non ha."を繰り返す。
*4〈台〉にはこのアムネリス、次のランフィスと神官の台詞なし。詩形から見て、すでに何度か繰り返された詩句であり、テキストに記されないのは当然であるが、この対訳ではドラマの展開の観点から〈譜〉どおりにここにこれらの台詞を入れた。
*5〈台〉この後"lentamente＝ゆっくりと"がある。

AMNERIS
アムネリス

*(sola)**1
Empia razza! anatèma su voi!
La vendetta del ciel scenderà!
(Esce disperata.)

（一人で）
神を畏れぬ輩（やから）！ 貴方らの上に呪詛を！
天の復讐が落ちることになろう！
（絶望して退場）

SCENA SECONDA 第2場

La scena è divisa in due piani.
Il piano superiore rappresenta l'interno del tempio di Vulcano splendente d'oro e di luce: il piano inferiore un sotterraneo. Lunghe file d'arcate si perdono nell' oscurità. Statue colossali d'Osiride colle mani incrociate sostengono i pilastri della volta.

場面は上下二段に分けられている。
上段は黄金と光に輝くウルカヌスの神殿の内部となっている、下段は地下室。拱廊（きょうろう）のアーチ型の開口部の長い連なりが暗がりの中へ消えている。両手を交叉させた姿のオシリスの巨大な像が穹窿（きゅうりゅう）の柱を支えている。

Scena e Duetto—Finale ultimo シェーナと二重唱―最終幕フィナーレ

(Radamès è nel sotterraneo sui gradini della scala per cui è disceso. Al disopra, due Sacerdoti intenti a chiudere la pietra del sotterraneo.)

（ラダメスが地下室で、降りてきた階段のその段上にいる。上にはしきりに地下室の岩戸を閉めようとしている二人の神官）

RADAMÈS
ラダメス

La fatal pietra sovra me si chiuse...
Ecco la tomba mia. Del dì la luce
Più non vedrò... Non rivedrò più Aida...

死をもたらす岩戸が頭上で閉じた…
これが僕の墓に。日の光を
もはや見ることはない…アイーダにもう再び会うことはない…

Aida, ove sei tu? Possa tu almeno
Viver felice e la mia sorte orrenda
Sempre ignorar! Qual gemito!... Una larva...
Una vision... No! forma umana è questa...
Ciel!*2 Aida!

アイーダ、あなたはどこなのだ？ せめてあなたはできるよう、
幸せに生き、僕の恐ろしい運命を
このまま知らずにいることが！ 何という呻き！…亡霊か…
幻か…いや！ 人の姿だ、これは…
まさか！ アイーダ！

*1〈台〉このト書きなし。
*2〈台〉後に“...”あり。

AIDA
アイーダ

Son io...

私です…

RADAMÈS
ラダメス

*(nella massima disperazione)**1
Tu... in questa tomba!

(絶望の極みで)
あなたが…この墓に！

AIDA
アイーダ

*(triste)**2
Presago il core della tua condanna,
In questa tomba che per te s'apriva
Io penetrai furtiva...
E qui lontana da ogni umano sguardo,
Nelle tue braccia desiai morire.

(物悲しく)
この心はあなたの裁きの刑を予見しており
あなたのために開かれていたこの墓に
私は密かに入り込みました…
そしてここであらゆる人の目から遠く
あなたの腕の中で死ぬことを望んだのです。

RADAMÈS
ラダメス

Morir! sì pura e bella!
Morir per me d'amore...
Degli anni tuoi nel fiore
Fuggir la vita!

死ぬ！ そのように清らかで美しいのに！
僕への愛のために死ぬ…
あなたの生涯の花の盛りに
命を捨てる！

T'avea il cielo per l'amor creata,
Ed io t'uccido per averti amata!
No, non morrai!
Troppo*3 t'amai!
Troppo sei bella!

天は愛のためにあなたを創りたまい
そしてあなたを愛したがために僕はあなたを殺してしまう！
いや、あなたは死んではならない！
あまりに僕はあなたを愛してしまった！
あまりにあなたは美しい！

*1〈台〉このト書きなし。
*2〈台〉このト書きなし。
*3〈台〉ここに"io"を入れ、主語を強調している。

AIDA
アイーダ

(vaneggiando)
Vedi?... di morte l'angelo
Radiante a noi s'appressa*1...
Ne adduce a eterni gaudii
Sovra i suoi vanni d'or.

(夢見るように言葉を発して)
見えまして？…死の天使が
光り輝いて私たちに近づいてきます…
永遠の歓喜へと私たちを導いてくれるのですわ、
あの黄金の翼に乗せて。

Già veggo il ciel dischiudersi,*2
Ivi ogni affanno cessa...
Ivi comincia l'estasi
D'un immortale amor.

すでに天の開けるのが見えましてよ、
あそこではあらゆる苦悩が止み…
あそこでは法悦が始まりますわ、
不滅の愛の。

(Coro nel Tempio　神殿内の合唱*3)

AIDA
アイーダ

Triste canto!...

悲しげな歌！…

RADAMÈS
ラダメス

Il tripudio
Dei Sacerdoti...

喜びの儀式か、
神官たちの…

AIDA
アイーダ

Il nostro inno di morte...

私たちには死の賛歌…

RADAMÈS
ラダメス

(cercando di smuovere la pietra del sotterraneo)
Nè le mie forti braccia
Smuovere ti potranno, o fatal pietra!

(地下室の岩戸をずり動かそうとしながら)
僕の強い腕も
おまえを動かすことはできない、死の岩戸よ！

*1 〈台〉 si appressa
*2 〈台〉 は "..."
*3 〈台〉 は "Canti e danza delle Sacerdotesse nel tempio＝神殿内での巫女たちの歌と踊り" とある。〈譜〉の合唱、〈台〉の歌とは、第 1 幕第 2 場の巫女と神官の合唱の一部 "Immenso Fthà del mondo / spirito animator! / Ah! noi t'invochiamo." の繰り返しである。

AIDA
アイーダ

Invan![*1] Tutto è finito
Sulla terra per noi...

無駄なこと！ すべて終りましたわ、
この世ではわたしたちには…

RADAMÈS
ラダメス

(con desolata rassegnazione)
È vero! è vero!...[*2]

（悲しげな諦めを込めて）
その通りだ！ 本当に！…

AIDA, RADAMÈS
アイーダ、ラダメス

O terra, addio; addio valle di pianti...
Sogno di gaudio che in dolor svanì...
A noi[*3] si schiude il ciel[*4] e l'alme erranti
Volano al raggio dell'eterno dì.
(Aida cade e muore nelle braccia di Radamès.)
(Amneris in abito di lutto apparisce nel tempio e va a prostrarsi sulla pietra che chiude il sotterraneo.)

この世よ、さらば、さらば涙の谷…
嘆きのうちに消えた歓喜の夢…
わたしたちには天が開け、身を放れた自由な魂は
永遠なる日の輝きへと飛んでゆく。
（アイーダは倒れ、ラダメスの腕の中で死ぬ）[*5]
（アムネリス、喪服姿で神殿に現れ、そして地下室を閉ざす岩戸の上へ行くと跪(ひざまず)く）

AMNERIS
アムネリス

(con voce soffocata dal pianto)
Pace t'imploro, salma adorata...
Isi placata ti schiuda il ciel!

（涙に詰まった声で）[*6]
平安をそなたに希(こいねが)います、愛してやまぬ者の亡骸よ…[*7]
安んじられしイシス様がそなたに天国を開きたもうことを！

*1 〈台〉後に“...”あり。さらにセンテンスを切らずに tutto è finito と続く。
*2 〈台〉この台詞のあとに（si avvicina ad Aida e la sorregge＝アイーダに近寄り、そして彼女を支える）とト書きあり。
*3 繰り返しのパートでは A noi が感嘆詞“Ah!”に変わる。
*4 〈台〉cielo
*5 〈台〉のト書きは（Aida cade dolcemente fra le braccia di Radamès＝アイーダ、ラダメスの腕の中へうっとりして倒れる）。
*6 〈台〉はこのト書きなし。
*7 最後の2行は、作曲者手書きの総譜では次のようであった。“Pace t'imploro - martire santo... ＝そなたに平安を希います—聖なる殉難者よ…／Eterno il pianto - sarà per me... ＝涙が永遠と—私にはなりましょう…”

訳者あとがき

2001年、ヴェルディ没後百年に因んで実現したマエストロの曾孫、アルベルト・カルラーラ・ヴェルディ氏へのあるインタヴュー中に、こんな発言があります。《アイーダ》に関してではなく、夫人がいかにヴェルディに献身的であったかを語ってのことですが、「マエストロの妻ジュゼッピーナはマエストロの大助言者で、オペラ作品の、とりわけドラマの組み立てには、マエストロが自分の考えを説明、それに彼女が意見を述べるといった具合で、彼女の貢献度がどれほどだったか示す資料が、ここ、サンタガタ荘には残っています。たとえば《アイーダ》など、アイデアはエジプト側からですが、構想の第一案の１、２幕はヴェルディの手、３、４幕はジュゼッピーナの手で書かれていて、これが台本作家に渡され、詩句がつけられたのです」。サンタガタ荘の資料についてのカルラーラ・ヴェルディ氏のこの言葉は、かなりおおらかな表現のようですが、これをもう少し事実に即していうなら、エジプト側のアイデアとは、当時世界的に知られるフランス人のエジプト考古学者オギュスト・マリエット（Auguste Mriette）の著した、のちにヴェルディの最後から三番目の作品となるべきオペラ《アイーダ》の構想原案で、それをパリ・オペラ座の実力者カミーユ・デュ・ロクル（Camille Du Locle）から渡されたマエストロはすぐさま夫人の協力をたのんでフランス語のテキストからイタリア語版をつくり、これが荘に残っているということです。夫人とともに自ら翻訳をするとは、それも残された書簡による記録をたどるとわずか数日のうちのことであるとは、ヴェルディがこのエジプトの物語にどれほど想像力をかきたてられたかを、そして早くもオペラ化に意が向いていることを示しているように思われます。

《アイーダ》というオペラの発案は、これはよく知られるとおり、音楽というより政治的・社会的な背景、つまりスエズ運河の開通によるものです。1869年11月に予定の運河開通とそれに合わせた記念事業としてカイロに歌劇場建設を考えたエジプトの太守（ヘディヴ）イスマイル・パシャは、69年夏、劇場の総支配人となるべきポール・ドラネト（Paul Draneht）を通してヴェルディに開通のための賛歌作曲の意思ありかどうかを尋ねます。ヴェルディは丁重ながら臨時の祝祭用作品は不可と答え、またエジプト側は柿落としのための新作オペラも望みますが、劇場建設はイタリア人建築家のアヴォスカーニ（Avoscani）とロッシ（Rossi）により半年で可能としても、ヴェルディはオペラの仕事には時間を要するということで、賛歌も新作オペラも契約は成り立ちませんでした。カイロの歌劇場は1869年11月にヴェルディの《リゴレット》で開場、それでもなお劇場側は翌年の演目として新作を打診、それをずっと拒絶していたヴェルディですが、前々から《ドン・カルロ》の初版の台本、《運命の力》のフランス語版作成などによって親交があり、パリ・オペラ座のために新規契約をせがんでいたデュ・ロクルから70年5月14日に前述のマリエットの構想原案を得ると、頑なな拒絶は急に変わります。この原案は筆者のマリエットが自身で4月27日にデュ・ロクルに送り、彼からヴェルディに届けられたのでした。そして先に述べられたように夫妻によるイタリア語訳の作業となりました。原案に執筆者の名がなかったことから、5月26日にヴェルディはそれを問い、5月29日の書簡でデュ・ロクルは構想はエジプトの太守とマリエットの手によるもの、それ以外の人物は関わっていない、と伝えています。6月2日にはヴェルディからジュリオ・リコルディ（Giulio Ricordi）に書簡で「なかなかよく出来たオペラの構想を手許にもっているが、もし作曲となった場合、ギズランツォーニが台本の詩を書いてくれるだろうか」と問い、「その前に散文の形で脚本を検討しておきたい」とも述べています。また、同日、デュ・ロクルには「エジプトの物語に取りかかりたいが、大規模な作品になるので時間を十分いただきたい」旨、さらに契約するとなれば要求したい条件を細かに書き送ります。マエストロとしては、もうほとんど原案のオペラ化に向けて歩み出すかに思われます。

オペラ化には先ず台本がなければ…。この段階で構想原案の執筆者を重視する様子はデュ・ロクルになく、そのためかヴェルディも執筆者の名をデュ・ロクルに尋ねたことをのちには忘れてしまうほど関心がうすく、リブレットに関連するマリエットの存在は消えてしまいます。美術の素養もあるエジプト学者として、オペラ初演のための舞台美術は彼が担当していたというのにです。さらに、構想原案そのものが、これは4部だけカイロで冊子が作成されたとのことで（マリエットの著作目録では1870年の欄に10部と記録されているそうですが）、その後すべて所在不明なってしまいました。またマリエット自身、なぜか、カイロ歌劇場の総支配人のポール・ドラネトに宛てた70年7月21日付の書簡で、この作品のリブレットと美術に関する全てについて自分の名前が表に出ないように望むと記しています。そのため71年12月に出版された台本に原案作成者としての彼の名はなく、その後イタリア、フランスでのものも同様でした。しかし一方、近しい何人かには《アイーダ》は自分の発想から生まれたと語り、とくに兄弟のエドアール（Édouard）には70年6月8日、じつはオペラを、それもヴェルディが作曲することになるオペラを書いたんだと、21日にはオペラは全て自分が思いつき、場面設定をし、要するに僕から生れたのだと伝えています。のちに1904年、エドアールはオギュストの回顧文を著し、彼の《アイーダ》は自分が「ナイルのフィアンセ」というタイトルで書いていた小説を盗用したと記述しているのですが、果たしてどうだったのでしょうか。いずれにしても、その後、《アイーダ》の原案執筆者としてのマリエットの役割がどのようであったかは、原案の冊子が失われたために知ることができませんでした。ところが1976年になって、ジャン・アンベール（Jean Humbert）が原案の1冊を発見、縦18cm、横13cm、23ページの小冊子でしたが、それにより先のヴェルディ夫妻のイタリア語原案がマリエットのフランス語のもののほとんど逐語訳であることがはっきりしたのでした。この冊子については、アンベールはフランスの「音楽学報（REVUE DE MUSICOLOGIE）1976年62巻」にレポートを執筆しています。マリエットの原案の全文、それに対するヴェルディ夫妻のイタリア語訳が対訳形式で掲載され、その前にアンベールの丁寧な解説や原案とオペラ台本との比較があり、非常に興味深いものです。一読の価値があると思います。

さて、作曲にかかるための台本ですが、《アイーダ》の原案に惹かれていたヴェルディは、先述のようにこれのイタリア語訳を試みたあと、台本作家に任せて待つのではなく、自ら散文で脚本の形を作成してドラマ全体を見極めたいと希望したようです。そしてそれから脚本の韻文化、それには専門家の力が必要、これを頼みたいのはすでに最初からギズランツォーニと考えていたことは先の書簡に見るとおりです。原案を検討し、必要な変更をくわえ、ドラマとしての筋立てを自分なりの構想で作り直すなどして脚本を作成するには、これはデュ・ロクルと共同作業をしたい。そう望むヴェルディは6月末近くに彼をサンタガタ荘へ招き、彼は荘に滞在してヴェルディの意をうけて散文の形で脚本を書き上げます。そして6月25日にはヴェルディはもう書簡でギズランツォーニに脚本の韻文化が可能かどうかジュリオ・リコルディに問います。ギズランツォーニに依頼したいのは韻文化、創作ではないと、ヴェルディはリコルディにここで念を押しています。ヴェルディのこのオペラの台本への思い入れを感じます。ジュリオ・リコルディとともにサンタガタ荘を訪れたギズランツォーニとの意見交換は7月半ばまでには終了、ここから10月まで、台本作家はまさにヴェルディの指導のもと、《アイーダ》の台本作成に専心します。その間、ギズランツォーニに対する台本の詩句へのヴェルディの要望がどのように、またどれほどであったかは、残されたヴェルディの多くの書簡が示してくれます。彼は作詩の専門家に具体的詩句を押しつけるような尊大なことをするつもりはないと遠慮しながらも、ときに語句や対話や韻律を自らしたためて指示し、その詩句がそのまま台本のものになっている箇所も見受けられます。《アイーダ》というオペラの台本にはヴェルディの特別な思いがこもるといえるでしょう。台本作成が進行する間、7月29日にヴェルディとイスマエル・パシャの代理人としてのマリエットがサインをして契約成立、オペラ《アイーダ》は実現することになりました。初演は71年1月です。作品は順調に仕上がっていきますが、70年9月に普仏戦争の激化でパリは籠城という事態になり、そのため準備されていた舞台装飾のパリからの運び出しは不可能、ついに契約の時期の初演は見送られます。そして約1年遅れの71年12月24日、《アイーダ》はカイロの劇場で初演されたのでした。

イタリア語の台本を仕上げたアントニオ・ギズランツォーニ（Antonio Ghislanzoni）は、1824年、北イタリアのコモ湖ほとりの町レッコに生まれ、神学校で学んだのちパヴィーアで医学部に在籍しました。そのかたわら声楽にも興味を持ち、1846年にバリトンとしてデビュー、53年まで舞台活動をします。その間、共和制を信奉する愛国主義の政治姿勢を表明、49年にはフランス軍に捕らえられ、一時コルシカ島へ流刑となったりもしました。その後、文芸作品やオペラ台本の執筆を始め、57年にはオペラ劇場での体験を生かした小説『劇場の芸術家たち』が出版されますが、次第にジャーナリストとしての活動にも力を注ぐようになります。雑誌『音楽イタリア L'Italia musicale』や『ミラノ音楽報―Gazzetta Musicale di Milano』などの編集にあたりながら音楽評論を書き、1865年になって『最小雑誌 Rivista Minima』を創刊すると、当時まだ若かったボイト(Boito)、またプラーガ（Praga）やファルデルラ(Faldella)などに執筆の機会を提供します。かたわら短編、長編の小説執筆をつづけていましたが、それらの作品は86年から89年のあいだに『文学の気紛れ Capricci letterari』と題して6巻にまとめられて出版されました。これが実現したのは友人たちの寄付があったからだそうで、ヴェルディもその一人でした。台本作家としてのギズランツォーニは、1869年にペトレルラ（Petrella）のために《いいなずけ》の台本を書いたことがあったものの、ほかには一流作曲家に台本提供できる機会にほとんど恵まれていませんでした。ヴェルディとは68年に、ジュリオ・リコルディの勧めで、大マエストロとサンタガタ荘で面会していました。マエストロは《運命の力》の改訂のためにフィナーレの新しい詩句を彼に依頼する心づもりだったのです。改訂版は翌年仕上がり、これでギズランツォーニの筆力に満足したヴェルディは《アイーダ》に意欲をかきたてられると、すぐ、彼に韻文台本作成を託そうと考えたわけです。ヴェルディへの台本提供が実現した結果、台本作家ギズランツォーニの評価は一気に高まり、ポンキエルリ、カタラーニ等、当時活躍中の作曲家から依頼を受けることとなりました。そして生涯に80あまりの台本を執筆します。没したのは1893年、生れ故郷に近いカプリーノ・ベルガマスコでした。

この対訳のテキストは、これまで対訳ライブラリーの出版にあたって浅学な私の音楽上の疑問にご指導を賜っている音楽評論家の髙崎保男氏にご意見を伺った結果、やはり今回の《アイーダ》でも音楽の流れを考えて総譜を基底にすることとし、本文中の註にも記しましたが、リコルディ社の総譜の歌詞を台本としての詩形に沿うように整理して新たに作ったものです。出版されているギズランツォーニの台本も調べましたが、総譜と対照させると、詩句、句読点、楽曲名等に差異のある箇所もあります。深く意見交換をした作曲者と台本作家であれば、差異がわずかであってもそれを知るのは興味深いかと考え、本文中に註として記しました。

オペラ演目中でも人気の高い《アイーダ》なら当然のこと、台本もすでに他の方々の翻訳、対訳は数種類、映像字幕は数多くあります。私としてはここで新たな対訳を作るには新たな意味がなければと思います。それは《アイーダ》でもやはり、このオペラ対訳ライブラリーで私が基本方針としてきたこと、つまり原文テキストの徹底した逐語訳を試みて、原文に忠実に、原文に何も加えず、引かず、原文の各行ごとにそれに対応する日本語を置く作業をすることかと考えました。とくに作曲者ヴェルディが台本の細かな語句にまで台本作家に対して要望を出した作品ならば、作曲者が音楽を付した原語の歌詞の意味を、音楽に沿いながら、あるいは原語のテキストを追いながら、原語の位置とずれることなくそのまま日本語で知ることができる対訳をと努めました。問題は、このシリーズの私の対訳に共通のことですが、言語体系の異なるイタリア語と日本語のあいだの逐語的変換からくる日本語の不自然さと分かりにくさです。読者の方々には、これは快き翻訳ではなく原文の意味をあるがままに知るための通過過程、美しい日本語訳は原語の本来の意味を知ってのち、とご理解いただくご寛容を請いたく思います。

この対訳のためにはいろいろな方のお助けがありました。先ずテキスト作成の基底をリコルディ社の総譜にと、また総譜中の楽曲名についてご高見を賜ったのは髙崎保男氏でした。心よりお礼を申し上げます。このオペラ対訳ライブラリーの編集と印刷には大変な手間がかかるとのこと、そうした困難を超えて今回の《アイーダ》出版に漕ぎつけてくださった音楽之友社の石川勝氏には感謝の念でいっぱいです。ありがとうございました。語学上の疑問については、もともと語学の才のない私の不安を汲み取り、ご自身詩人であることから詩人としての視点でも貴重な説明をお与えくださったのはルイージ・チェラントラ氏でした。氏と、アイーダという名について、オペラ中の他の人物名がそれなりにエジプト・エチオピア的であるのにアイーダだけなぜ、イタリア的な響きの名が選ばれたのか、ずいぶん調べ、想像をめぐらせました。このような雑話もまた楽しいものでした。

対訳には自分なりの注意をつくしたつもりです。とはいえ浅学の身のこと、不備も間違いもあるかと思われます。読者の皆様にお気づきの点がありましたならご指摘、お教えいただきたくお願い申し上げます。

2007年6月1日　対訳者

訳者紹介

小瀬村幸子（こせむら・さちこ）

東京外国語大学イタリア科卒業。同大学教務補佐官、桐朋学園大学音楽学部講師、昭和音楽大学教授を歴任。訳書に、R. アッレーグリ『スカラ座の名歌手たち』、C. フェラーリ『美の女神イサドラ・ダンカン』、R. アッレーグリ『真実のマリア・カラス』など。イタリア語・フランス語台本翻訳、オペラ字幕多数。

オペラ対訳（たいやく）ライブラリー
ヴェルディ　アイーダ

2007年7月10日　第1刷発行
2023年1月31日　第8刷発行

訳　者　小瀬村幸子（こせむらさちこ）
発行者　堀内久美雄

東京都新宿区神楽坂6-30
発行所　株式会社　音楽之友社
電話　03(3235)2111㈹
振替　00170-4-196250
郵便番号　162-8716
https://www.ongakunotomo.co.jp/

印刷　星野精版印刷
製本　誠　幸　堂

Printed in Japan
乱丁・落丁本はお取替えいたします。

装丁　柳川貴代

ISBN 978-4-276-35571-2 C1073

オペラ対訳ライブラリー(既刊)

ワーグナー	《トリスタンとイゾルデ》 高辻知義=訳	35551-4 定価 (1900円+税)
ビゼー	《カルメン》 安藤元雄=訳	35552-1 定価 (1400円+税)
モーツァルト	《魔　笛》 荒井秀直=訳	35553-8 定価 (1600円+税)
R.シュトラウス	《ばらの騎士》 田辺秀樹=訳	35554-5 定価 (2400円+税)
プッチーニ	《トゥーランドット》 小瀬村幸子=訳	35555-2 定価 (1600円+税)
ヴェルディ	《リゴレット》 小瀬村幸子=訳	35556-9 定価 (1500円+税)
ワーグナー	《ニュルンベルクのマイスタージンガー》 高辻知義=訳	35557-6 定価 (2500円+税)
ベートーヴェン	《フィデリオ》 荒井秀直=訳	35559-0 定価 (1800円+税)
ヴェルディ	《イル・トロヴァトーレ》 小瀬村幸子=訳	35560-6 定価 (2000円+税)
ワーグナー	《ニーベルングの指環》(上) 《ラインの黄金》・《ヴァルキューレ》 高辻知義=訳	35561-3 定価 (2600円+税)
ワーグナー	《ニーベルングの指環》(下) 《ジークフリート》・《神々の黄昏》 高辻知義=訳	35563-7 定価 (3200円+税)
プッチーニ	《蝶々夫人》 戸口幸策=訳	35564-4 定価 (1800円+税)
モーツァルト	《ドン・ジョヴァンニ》 小瀬村幸子=訳	35565-1 定価 (1800円+税)
ワーグナー	《タンホイザー》 高辻知義=訳	35566-8 定価 (1600円+税)
プッチーニ	《トスカ》 坂本鉄男=訳	35567-5 定価 (1800円+税)
ヴェルディ	《椿姫》 坂本鉄男=訳	35568-2 定価 (1400円+税)
ロッシーニ	《セビリャの理髪師》 坂本鉄男=訳	35569-9 定価 (1900円+税)
プッチーニ	《ラ・ボエーム》 小瀬村幸子=訳	35570-5 定価 (1900円+税)
ヴェルディ	《アイーダ》 小瀬村幸子=訳	35571-2 定価 (1800円+税)
ドニゼッティ	《ランメルモールのルチーア》 坂本鉄男=訳	35572-9 定価 (1500円+税)
ドニゼッティ	《愛の妙薬》 坂本鉄男=訳	35573-6 定価 (1600円+税)
マスカーニ レオンカヴァッロ	《カヴァレリア・ルスティカーナ》 《道化師》　小瀬村幸子=訳	35574-3 定価 (2200円+税)
ワーグナー	《ローエングリン》 高辻知義=訳	35575-0 定価 (1800円+税)
ヴェルディ	《オテッロ》 小瀬村幸子=訳	35576-7 定価 (2400円+税)
ワーグナー	《パルジファル》 高辻知義=訳	35577-4 定価 (1800円+税)
ヴェルディ	《ファルスタッフ》 小瀬村幸子=訳	35578-1 定価 (2600円+税)
ヨハン・シュトラウスII	《こうもり》 田辺秀樹=訳	35579-8 定価 (2000円+税)
ワーグナー	《さまよえるオランダ人》 高辻知義=訳	35580-4 定価 (2200円+税)
モーツァルト	《フィガロの結婚》改訂新版 小瀬村幸子=訳	35581-1 定価 (2300円+税)
モーツァルト	《コシ・ファン・トゥッテ》改訂新版 小瀬村幸子=訳	35582-8 定価 (2000円+税)

※各品番はISBNの978-4-276-を略して表示しています